Ficken heute!

FICKEN HEUTE!

FICKEN HEUTE!

1 & 2
Doppelband

Heiterer Erotik-Roman
von Rhino Valentino

Sie sind herzlich willkommen
auf dem Blog
www.rhino-valentino.com

und auf der Website
www.stumpp.cc
unter welcher mehr Infos und die
aktuelle Verlagsadresse zu finden sind.

Hinweise auf weitere interessante Titel
finden Sie auch am Ende dieses Buches.

Bibliografische Information der Deutschen Nationalbibliothek:
Die Deutsche Nationalbibliothek verzeichnet diese Publikation in der Deutschen
Nationalbibliografie; detaillierte bibliografische Daten sind im Internet über
http://dnb.d-nb.de abrufbar.

Originalausgabe

Erste Auflage April 2013

ISBN 978-3-86441-040-6

Liebe Leserin! Lieber Leser!

Vielen Dank dafür,
dass Sie sich für dieses Buch
entschieden haben.

Ich hoffe, Sie haben damit
viel Spaß und ein gutes
Lesevergnügen.

In diesem Fall hätten sich
die Zeit, die Sie damit verbringen,
und die viele Arbeit, die es mir
bereitet hat, gelohnt.

Wenn Sie mich
auf der Website, dem Blog
oder in den sozialen Netzwerken
besuchen möchten, so würde ich mich
darüber sehr freuen.

Mit den besten Wünschen für Sie,

INHALT
Ficken heute!

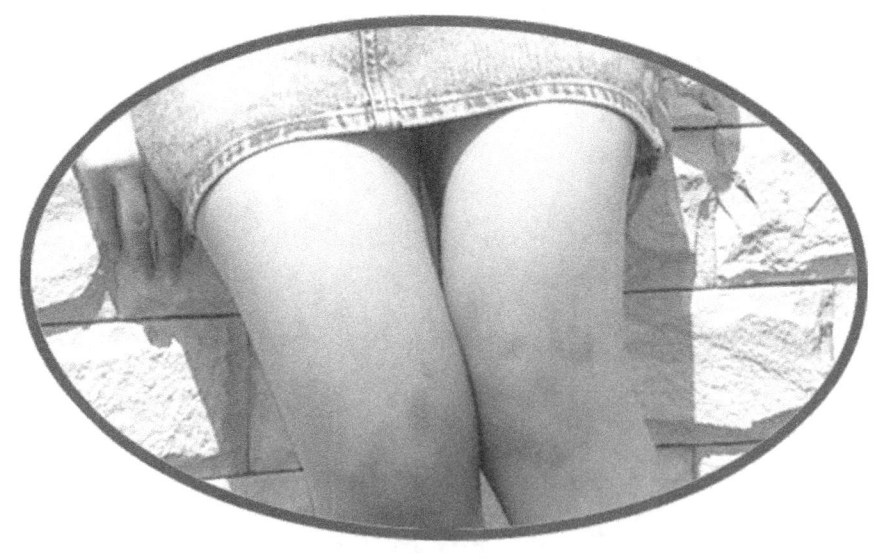

FICKEN HEUTE!

von *Rhino Valentino*

#1
Daniela und der Porno-Dreh

VORWORT

WARUM FICKEN?

Ficken. Das Wort ist doch gar nicht so schlimm. Da kann man doch ein ganzes Buch drüber lesen! Zumindest erst mal anfangen.

Wer von Ihnen, liebe Leserinnen und Leser, sich an dem Wort stört, kann es ja einfach im Geiste durch ein anderes ersetzen. Zum Beispiel „Beischlaf ausüben". Oder schlicht „Miteinander schlafen". Klingt nur etwas tröge. Denn „geschlafen" wird in dieser Story nicht.

Nein. In diesem Buch wird *gefickt*. Manchmal aber auch nur gebumst.

Um jetzt noch etwas weiter auszuholen:

Stellen Sie sich mal vor, wie die Lage wäre, wenn auf der Welt nicht mehr gefickt würde: Weniger Spaß, weniger Vorfreude, weniger Entspannung. Auch: Noch weniger Geburten. Dafür aber mehr Aggressionen, mehr Energieverlagerung, mehr Gewalt.

Will der Mensch das? Will Ihr Land das?

Dass Ficken eine wichtige Sache ist, zeigt sich schon aus einem einzigen Grund:

Wäre nicht irgendwann einmal irgendwo aus irgendeinem Anlass gefickt worden, so würden Sie jetzt dieses Buch nicht lesen. Es gäbe Sie schlichtweg gar nicht. Denken Sie bitte kurz nach, und entscheiden Sie dann, wie Sie zur Tätigkeit des Fickens stehen. Wenn Sie finden, dass Ficken keine große Bedeutung hat oder man sich dessen schämen sollte, so leugnen Sie damit die Wurzeln Ihrer eigenen Existenz.

Schämen ist unnütz, hat mir ein weiser Mann von etwa achtzig Jahren einmal gesagt. Ich ergänze: Schämen ist das Gegenteil vom Paradies. Scham und die Vertreibung aus dem Paradies waren für Adam und Eva die Folgen, als sie vom Baum der Erkenntnis aßen.

Sie, die Sie dasitzen oder daliegen und dieses Buch lesen, sind wertvoll. Eine einzigartige Persönlichkeit voller Fähigkeiten und Talente. Ich bitte Sie, missachten Sie nicht Ihre eigenen Wurzeln!

Erst wenn Sie diese Wurzeln ausreichend ergründet haben, können Sie Ihre Fähigkeiten zur vollen Entfaltung bringen. Dazu ist man nie zu alt. Das Leben bedeutet ein ständiges Wachstum an Wissen, Erfahrung und Erkenntnis.

Dieses Buch will dazu beitragen, dass Sie innerlich einen ungezwungenen, heiteren und anregenden Zugang zu Ihren Wurzeln erhalten. Oder Sie darin bestärken, ihn unbeirrt beizubehalten und weiter auszubauen, sollten Sie über diesen Zugang bereits verfügen.

Bei „Ficken heute!" handelt es sich also nicht nur um einen unterhaltsamen Roman aus dem Bereich der humorvollen Erotik. Sondern zugleich auch um ein spielerisches Sex-Sachbuch, welches man erst wahrnimmt, wenn man zwischen den Zeilen liest. Es rät Ihnen zum aufregenden Geschlechtsverkehr auf der Autobahn der Lüste. Auf einfache Weise erzählt dieses Buch die Geschichte einer Fickenden, genauer gesagt die Geschichte mehrerer Fickenden. Denn zum Ficken gehören immer zwei. Mindestens. „Ficken heute!" ist ein kleines bisschen schweinisch. Aber nur dahingehend, dass man sozusagen immer mal wieder ein süßes wildes Ferkelchen grunzen hört. Wie der Freudenschrei eines Frischlings, der sein erwachendes Leben begrüßt.

Die sexuelle Revolution liegt brach. Sex ist zwar zur Konsumware geworden wie noch niemals zuvor. Doch immer noch ist man im täglichen Miteinander zu verschämt, zu diskret, zu ängstlich.

Warum um den heißen Brei herumreden? Warum nicht prall und entschlossen in ihn hineinklatschen? Warum nicht den „Smalltalk" bei der Party oder in der Oper so einleiten, offen und ehrlich: „Guten Tag, Frau von Tuten und Blasen, mit wie vielen Männern haben Sie in Ihrem Leben bereits gefickt, wenn ich mal fragen darf?" Letzten Endes ist es doch auch das, was uns an einem Menschen interessiert. *Wer mit wem, wo und wann?* Oder hilfreiche Antworten auf Fragen wie: „Frau von Tuten und Blasen, kennen Sie eine Methode, den Orgasmus eines Mannes hinauszuzögern? Meiner kommt immer so früh."

Schon kann ein höchst aufregendes und lehrreiches Gespräch zweier Damen entstehen! Während die Männer schmunzelnd danebenstehen und ihren gebildeten Frauen beim Fachsimpeln zuhören.

Frau von Tuten und Blasen antwortet dann zum Beispiel: „Ja, Frau Müller-Hechtenberg, ich klemme meinem Mann immer die Eier ab, wenn er durch Jaulen signalisiert dass er bald abspritzen wird. Dann schrumpft sein Gehänge vor Schreck, und er ist bereit für einige weitere Stoßminuten."

So ähnlich könnten in der Tat Smalltalks ablaufen, wenn sich die Menschen doch nur etwas weniger schämen würden.

Die Lösung aller Probleme liegt im Ficken. Ein Land wird blühen und gedeihen, wenn ausreichend gefickt wird.

„Nein, halt, das stimmt nicht!" werden Sie jetzt sagen. „Es gibt auch Länder, wo unglaublich viel gefickt wird. Die aber weder blühen noch gedeihen."

„Sie haben Recht", antworte ich daraufhin nach kurzem Nachdenken schockiert. „Tatsächlich. Da hab ich mich vertan."

Ficken allein reicht natürlich nicht. Richtig muss es heißen: Die Lösung *vieler* Probleme liegt im Ficken. Ein Land wird blühen und gedeihen, wenn ausreichend gefickt *und* wenn es fleißig gedüngt und bewässert wird. *Make love not war.* (Übersetzung aus dem Englischen: *Macht Liebe, nicht wahr?*)

Nicht „Schwerter zu Pflugscharen". Nein! Schwerter zu Schwänzen. Das macht nicht nur mehr Spaß, sondern fängt auch beides mit *Schw* an.

In diesem Sinne wünsche ich Ihnen gute Unterhaltung und ein erfolgreiches Studieren der Lebensabschnittsgeschichte mehrerer Fickender.

Voller Respekt und Zuneigung für Sie,

der Autor.

Kapitel 1:

DIE ANMACHE

Der Typ konnte nett lächeln, das musste man ihm lassen.

Daniela W. wusste zunächst nicht, wie sie ihn einordnen sollte. Aufdringlicher Werbefritze? Heterosexueller Frisör? Eitler Eisverkäufer?

Unverblümt sprach er sie an, als sie auf der Parkbank saß und sich mit dem Lippenstift über den Mund strich. In der linken Hand hielt sie ihren kleinen Schminkspiegel. Neben sich auf der Bank lag ihre Kroko-Handtasche. Die kein Krokodil-Leder war, sondern ein Imitat. Sah aber gut aus.

„Tut mir leid, ich bin etwas unverschämt", sagte er. „Dass ich dich einfach so anspreche."

„Duzen wir uns?" fragte Daniela mit hochgezogenen Augenbrauen und hielt in ihrer Bewegung inne. Der Lippenstift schwebte über ihren Lippen, von ihrer zarten Hand gehalten.

„Klar", antwortete er und strahlte sie mit blitzenden weißen Zähnen an. „Wenn du nichts dagegen hast. Du siehst jung aus. Jünger als ich. Der Ältere bietet doch das Du an. Ist es nicht so?" Er zwinkerte ihr zu.

Sie wollte distanziert und kühl sein. Stattdessen schwieg sie nur und schluckte. Sie war beeindruckt von seiner Frechheit und seinem Selbstbewusstsein. Der Kerl mochte von einem Traummann so weit weg sein wie der Mars von der Erde. Doch cool war er, da gab es keinen Zweifel. Ein smarter Schwätzer.

Jetzt ging er in die Hocke und vor ihr auf die Knie. Plötzlich war er nicht mehr groß, sondern sah zu ihr auf.

„Danke, dass du mir das Du nicht verweigerst", sagte er freundlich. „Dann habe ich die erste Hürde schon geschafft."

Unglaublich, dachte Daniela. „Ist das eine Anmache?" wollte sie wissen und bemühte sich, desinteressiert zu klingen. Die sichere, unbeirrte Art des Typs gefiel ihr mehr als sein Äußeres. Ein wahrer Eisbrecher im Männerformat. Womöglich gar ein Herzensbrecher oder einer, der sich dafür hielt?

Er schwieg kurz, als überlegte er. „In gewissem Sinne, ja", gab er zu. „Aber eine ganz, ganz krasse, das sage ich dir gleich. Wenn ich dich frage, was ich von dir will, schlage mir bitte nicht deine Handtasche um die Ohren. Es wäre schade um die schöne Tasche. Versprichst du mir das?" Er zog ein Gesicht wie ein ängstlicher Dackel.

Daniela musste lächeln. Verhalten zwar, aber so schnell und ungezwungen, dass sie es nicht verhindern konnte.

„Ja, okay", sagte sie. Er sah sogar ganz gut aus. Alter Ende dreißig, Anfang vierzig vielleicht. Blonde Haare, gebräunte Haut, männliches, kantiges Gesicht. Nicht wirklich attraktiv wie ein Hollywoodschauspieler, aber ganz passabel. Seine Augen waren sehr hell, ein seltsamer Grau- oder Blauton, schwer zu deuten. Ob er farbige Kontaktlinsen trug? Oder gab es eine solch merkwürdige Farbe tatsächlich in natura?

„Selbst mir kommt so eine Frage, wie ich sie dir gleich stellen werde, nicht leicht über die Lippen", behauptete er.

„Dann behalte sie doch einfach für dich. Wie wäre das denn?" fragte sie schnippisch. Sie fühlte sich sicher. Erstens war sie im Stadtpark an einem frühen Freitagnachmittag im Juli. Es war einiges los. Überall befanden sich Menschen. Zweitens war der Typ zwar frech und forsch, aber irgendwie keiner mit gefährlicher Aura. Eher plappernder Storch statt jagender Falke.

„Für mich behalten geht auch nicht, weil ich doch meine Mission zu erfüllen habe", sagte er und zog die Stirn in Falten. „Business as usual, du weißt schon."

Jetzt war ihre Neugier geweckt. Was wollte der Spinner von ihr?

„Was für eine Mission? Bahnhofsmission? Sehe ich so bedürftig aus?"

Er lachte. Es klang hell und aufrichtig.

„Was willst du von mir?" hakte sie nach und ließ das „Spinner" weg.

„Bist du Studentin?" wollte er wissen, Heiterkeit in der Stimme.

„Nein."

„Hast du einen Freund?"

„Privatsache!" Sie klang jetzt etwas entrüstet. Er hob abwehrend die Hände und meinte: „Sorry. Das war zu direkt." Er vermutete, dass sie keinen hatte. Sonst hätte sie es wohl bejaht. Um ihm den Wind aus den Segeln zu nehmen.

„Was tust du heute?"

„Bis vorhin habe ich gearbeitet. Jetzt relaxe ich. Ich *chille*."

Er nickte. „Was arbeitest du?" wollte er wissen.

„Sekretärin."

Er nickte wieder. Dann schlug er sich mit der flachen Hand auf die Stirn und stand langsam auf. „Oh Mensch, sorry!" Langsam machte er einen Schritt auf sie zu, deutete eine Verbeugung an und streckte ihr die Hand hin. „Was bin ich doch für ein Trampel! Entschuldige bitte, dass ich vergessen habe mich vorzustellen. Ich heiße Ferdi."

Zögernd besann sie sich auf ihre Höflichkeit, ergriff die angebotene Hand und schüttelte sie kurz. „Ich bin Daniela", sagte sie knapp. Sie wunderte sich über sich selbst, dass sie auf seine freche Art einging und ihr damit Erfolg bescherte.

Ferdi trat wieder einen Schritt zurück und wahrte Distanz, zumindest körperlich. Einen gewissen Mindest-Anstand schien er also zu haben.

„Du bist so hübsch, siehst super aus!" begeisterte er sich. „Einfach eine Wahnsinnsbraut, wenn ich das mal so sagen darf."

Sie freute sich über das Kompliment, zeigte es aber nicht. Sie selbst fand nicht dass sie „super" aussah. Allenfalls ganz okay. Schlank und mit rundlichen, femininen Formen, aber etwas zu breiter Hüfte. Zartes, niedliches Gesicht, aber die Nase etwas zu groß und das Kinn etwas herbe. Das Haar lang und brünett, sehr gepflegt, wenn auch leider zu Sprödigkeit neigend. Wobei, die Männer schien das alles nicht zu stören. Sie hatte keinen Freund und wurde oft angestarrt oder auch angebaggert, mit Blicken oder, etwas seltener, mit Worten.

„Also bei einem Porno käme das gut."

Daniela glaubte ihren Ohren nicht zu trauen. *Was* hatte der da eben von sich gegeben?

„Wie bitte?" fragte sie kalt.

„Du hast mich schon verstanden", lächelte Ferdi. „Ich rede von einem Porno-Dreh. Nachher, in einem Hotelzimmer. Schicke Bude, schalldichte Wände. Heute Mittag erst angemietet, sauteuer. Der Darsteller ist Ricardo, ein attraktives Kerlchen. Halb Landsmann, halb Latino. Geboren in Mexiko, aufgewachsen in Marseille. Optik wie ein Dressman, ein gefragter Mann in seinem Gewerbe."

„Und tschüs", sagte Daniela und hob ihren Schminkspiegel. Sie machte sich daran, weiter mit dem Lippenstift an ihren Lippen zu arbeiten. Ihr Herz jedoch pochte so laut, dass sie befürchtete, er könnte es hören. Laut wegen der Aufregung über die Ungeheuerlichkeit, die da so unverhofft über sie hereingebrochen war, wenn auch nur verbal. Laut wegen der blanken Nervosität, die sie wegen dem Kerl und seiner Story empfand. Und wegen ihrer eigenen Neugier.

Ferdi ließ nicht locker. „Manche Sachen muss man einfach mal machen, um sie gemacht zu haben. Um zu wissen, ob die Vorurteile gerechtfertigt waren, die man dagegen hatte. Die prüden Zeiten sind vorbei, gottseidank. Die will auch keiner zurück." Er räusperte sich und zog sie geradezu mit Blicken aus. „Es wäre gegenüber den Porno-Kunden nicht nett, wenn du ihnen deinen Körper vorenthalten würdest", schleimte er. „Ein solches Schmuckstück muss unters Volk. Was glaubst du, wie viele Männer werden sich einen darauf hobeln, wenn sie einen Film sehen, indem es mit dir zur Sache geht?"

„Ich mag´s mir gar nicht vorstellen!" zischte sie und hoffte, angeekelt zu klingen.

„Und Frauen", sagte er. „Frauen getrauen sich inzwischen was. Sie sind nicht mehr brave Mäuschen, die sich für alles schämen. Sie schauen zunehmend Pornos, getrauen sich die Sau rauszulassen. Wir leben in modernen Zeiten. Jeder sollte wissen wie heute *gefickt* wird!"

Das Wort hallte wie ein Peitschenknall. Daniela schaute von ihrem Spiegel auf. Sie hielt seinem Blick stand. Ihrer war genervt, seiner freundlich.

„Was glauben Sie eigentlich, wer Sie sind?" fuhr sie ihn an. „Und für was halten Sie mich?"

„Du hast mich ja gerade gesiezt", sagte er etwas bekümmert. „Ich dachte, das hätten wir hinter uns. Lass uns doch bitte beim Du bleiben. Wir verstehen uns doch, wir beiden." Er ging vor ihr hin und her, als wäre er ein Schauspieler, der einen Text aufzusagen hatte. Dann fuhr er fort:

„Erste Antwort: Ein Porno-Regisseur. Das glaube ich nicht nur, das bin ich auch. Zweite Antwort: Eine sehr hübsche, absolut attraktive junge Frau von... sagen wir, vielleicht... neunzehn Jahren?" Er strahlte sie siegessicher an. Seine Kauleiste glänzte wie Elfenbein in der Sonne. Dann begann er gemächlich umherzugehen, schritt vor der Bank auf und ab und redete dabei wie ein Wasserfall. Seine Stimme klang angenehm. Ein dunkler, warmer Basston, der eine beruhigende, vertrauenserweckende Wirkung hatte. Der Kies knirschte unter seinen weißen Turnschuhen. Seine Kleidung war sportlich-leger: Hellblaue Jeans und ein weißes kurzärmeliges Hemd, in dessen Brusttasche ein edler Kuli steckte. Der schwarzlederne Gürtel sah aus wie aus Straußenleder gemacht oder irgendeinem anderen exotischen Material. Echt. Kein Imitat, bestimmt teuer. Am Gürtel war eine Polyestertasche befestigt, in der etwas steckte. Ein großes Smartphone? Eine Fotokamera?

Ferdi holte weiter aus. „Es ist überhaupt keine Schande, Pornos zu drehen", sagte er. „Selbst wenn deine engsten Freunde und Verwandte es mitkriegen sollten, ist es egal. Pornos sind ein Sieb!" Er ging abermals in die Hocke und schaute zu ihr hoch. „Sie sind ein Sieb", wiederholte er, „weil du dann weißt, wer wirklich bedingungslos zu dir hält und wer nicht. Der Sand wird ausgesiebt. Der Goldstaub bleibt im Sieb hängen. Leute, die sich von dir abwenden, weil du etwas tust oder getan hast, das gesellschaftlich nicht überall und von jedem akzeptiert ist, auf die kannst du pfeifen. Denn was *dir* Spaß macht und *deinen* Horizont erweitert, das zählt. Und wenn es noch dazu keinem schadet, sondern auch anderen Spaß macht, ist es rundum gut."

„Eine Win-win-Situation?" spottete sie. „Was soll daran Spaß machen?"

Gleich hab ich sie, dachte Ferdi frohlockend. *Jetzt ist sie schon bereit darüber zu reden. Eine Prüde, Verklemmte wäre schon längst aufgestanden und gegangen. Eine achselbehaarte Hardcore-Emanze hätte bereits das Keifen und Stänkern angefangen.*

„Was daran Spaß macht?" fragte er ungläubig, als hätte sie ihn gefragt, was daran scharf sein sollte, auf eine Chilischote zu beißen. „Na, alles! Dieser Ricardo kann besser vögeln als ein Albatros! Er beherrscht nicht nur die Bett-Akrobatik sehr ausdauernd und einfühlsam. Kaum wie ein anderer versteht er sich auch darauf, eine Frau scharfzumachen und sie aufs Ficken vorzubereiten. Selbst Darstellerinnen, die ihn nicht leiden können, werden bei ihm so gnadenlos geil, dass es immer flutscht… wenn du verstehst." Er lachte laut. Es war ein humorvolles, unschuldiges Lachen, fast wie bei einem übermütigen Bub, der von seinen Sandkasten-Abenteuern erzählte.

„Ihr Männer seid doch wirklich komplette Schweine", sagte Daniela und rollte mit den Augen. „Du laberst wirklich einen Mist!"

„Na also", lobte er. „Jetzt bist du wieder beim Du. Aber Recht hast du schon. Klar sind wir Schweine! Aber es ist einfach wunderbar, herumzutollen, aus Trögen zu fressen, zu grunzen und seinen Schwanz rotieren zu lassen."

„Bist du sicher, dass du nicht aus einer Klapsmühle entsprungen bist?" wollte sie in einem Tonfall wissen, als spräche sie zu einem geistig Minderbemittelten. „Wenn ich heute Abend Fernsehen schaue und in den Nachrichten kommt eine Meldung, dass ein Irrer aus der Psychiatrie entflohen ist, dann werde ich mich aber erschrecken!"

„Keine Sorge", versicherte er. „Ich bin so normal wie man nur sein kann, wenn man im Jahr hundert Pornos dreht."

Hundert. Daniela erschrak. Der war doch wirklich nicht normal. Gleichzeitig dachte sie aber auch an eine Zahl: Die Höhe ihres monatlichen

Netto-Einkommens. Diese Zahl war im ziemlich niedrigen vierstelligen Bereich einzuordnen. Was mochte eine dieser Schlampen verdienen, die sich regelmäßig für so ein Zeug hergaben?

„Dann sind Sie ja ein reicher Mann", sagte Daniela mit solch theatralischer Bewunderung in der Stimme, dass es fast wie Häme klang.

„Nein, nein", seufzte er. „Das hört sich nach viel Cashflow an, aber die Kosten sind auch enorm. Ich drehe nur mit den besten Leuten und bin großzügig. Sie geben dann auch immer alles und legen sich richtig ins Zeug. Die hiesige Speerspitze der Porno-Qualität, sozusagen. Dazu kommen noch die sonstigen Betriebskosten, die nicht gering sind, und natürlich die Steuern." Er sah sie an. Unter ihrer engen Bluse zeichneten sich zwei pralle, wenn auch kleine Brüste ab. Ihr Bauch war flach, ihre Beine lang und sexy. Der Minirock brachte sie voll zur Geltung. Und die Füße! Als Fuß-Fetischist war er ganz begeistert von Danielas Füßen. Sie waren schlank, aber nicht knochig. Die Fesseln wohlproportioniert, die Zehen rund und zierlich. Die Fußnägel waren genau wie die Fingernägel in einem glitzernden Weiß lackiert. Ihre Füße steckten in bunten Sandalen mit hohen Absätzen.

„Du hast noch gar nicht gefragt, was ich zahle", sagte er lauernd.

„Was zahlst du?" fragte Daniela.

„Was willst du?" entgegnete er charmant.

Sie schwieg. In ihrem Gehirn arbeitete es. Zahlen rotierten wie beim Roulette. Gleichzeitig erschrak sie vor sich selbst. Dass sie sich überhaupt darauf einließ, über das Honorar für einen Porno-Dreh zu reden! Aber schließlich würde es nur eine dumme, spielerische Antwort auf eine dumme, spielerische Frage sein.

„Was willst du?" wiederholte Ferdi. „Wie viel meinst du, wäre deine Leistung wert? Also ein mehrstündiger Porno-Dreh mit einem einzigen Darsteller, der dich nach allen Regeln der Kunst und in verschiedenen Stellungen fickt, dich zudem auch leckt und fingert und das alles bei voller Beleuchtung und vor laufenden Kameras?"

Daniela sagte nichts. Ihr wurde etwas heiß, und sie glaubte, rot zu werden. Ein älteres Ehepaar näherte sich der Parkbank, auf der sie saß. Ferdi stand auf, nickte den beiden zu und setzte sich dann kurzerhand zu Daniela auf die Bank. Gemeinsam sahen sie, wie die alten Leute sich entfernten.

„Also, was ist, Daniela?" hakte er nach, als die Leute außer Hörweite waren.

„Nichts", antwortete sie. „Lassen wir es. Das Gespräch war originell, aber du bist ein Spinner. Ich gehe jetzt." Sie packte ihren Schminkspiegel und den

Lippenstift in die Handtasche.

„Wie viel willst du, Daniela?" hörte sie ihn leise und ruhig fragen, während sie in ihrer Handtasche herumwühlte. Mit einem Mal wollte sie ihr Handy herausfischen und ihre beste Freundin Silke anrufen. Sie würde ihr von dem Schwein erzählen, das ihr da im Park begegnet war. „Wie viel willst du für diese neue, prickelnde Erfahrung und den heißen Spaß, der alles, was du bisher sexuell erlebt hast, in den Schatten stellen wird?"

„Fünftausend." Die Zahl war ihr einfach rausgerutscht. Sie war so hoch, dass sie sicher sein konnte, dass er sich sogleich entfernen würde, empört über ihren Anspruch.

„Willst du es sofort? Bevor die Sache startet?" Seine Stimme klang weder überrascht noch gereizt, sondern sachlich und fürsorglich.

Daniela war verwirrt. In ihrem Kopf überschlugen sich Bilder von Schuhen, Klamotten und Schmuck. Neue Möbel, eine größere Wohnung, später ein schickes Auto! Was würde sie von der Kohle alles kaufen können! Wenn dieser Ferdi es wirklich ernst meinte und ihr fünftausend Steine gab, könnte sie gleich morgen shoppen gehen. Morgen war Samstag und das Wetter sollte gut werden. Für Silke würde auch was rausspringen dabei. Zusammen würden sie mächtig Spaß haben und auf die Tube drücken. Anschließend dann das volle Programm: gut essen gehen, Prosecco und Disco. Überhaupt, die arme Silke! Vom Freund verlassen und notorisch knapp bei Kasse. Was würde sie ihrer Freundin für eine Freude bereiten mit einem solchen Happy Shopping Day!

Doch da war der Dreh, der dann zu machen war. Wenn sie das Geld wollte.

„Ich will die Kohle sofort", hörte sie sich sagen und konnte kaum glauben, was sie da hörte. „Bar auf die Hand."

Ferdi drehte sich von ihr weg und zog eine Brieftasche aus der Jeans. Scheine raschelten. Dann hatte sie plötzlich Papier in der Hand. Seine Brieftasche steckte er sorgfältig in die Hose zurück.

„Später brauche ich dann noch eine Rechnung von dir über den Betrag", sagte er. „Damit alles seine Ordnung hat."

Daniela nickte und zählte nach. Es waren tatsächlich fünftausend Eier. In großen bunten Scheinen. Ein schönes Gefühl. Sie zögerte kurz und sah ihn an. Ferdi nickte ihr aufmunternd zu. Sie blickte wieder auf das Papiergeld. Ob es gefälscht war, so leichtfertig wie er damit umzugehen schien? Soweit sie es spontan beurteilen konnte waren die Scheine echt.

„Du schaffst das!" beteuerte er. „Nimm das Geld. Du kannst gar keine Fehler machen. Wir gehen vorsichtig und respektvoll mit dir um. Was schief geht, wird halt neu gedreht oder weggelassen." Er nestelte an der Polyestertasche herum, die an seinem Gürtel befestigt war. Flink entnahm er ihr einen kleinen Camcorder, kaum größer als ein Handy.

„Du solltest jetzt aber umschalten auf *Ja, ich will!* und sofort loslegen. Zeit ist Geld! Ich beginne schon mal mit einem kleinen Außendreh", sagte er. „Das spontane Kennenlernen. Die Darstellerin wird auf der Straße angesprochen, real und direkt. Das Filmen beim Ficken geschieht dann mit einer professionellen Kamera." Er drückte auf *Play*.

Moment, Moment! wollte sie sagen, brachte aber nichts hervor. Das Papier in ihrer Hand war federleicht, doch wog es schwer als Argument für den Porno-Dreh. Es würde einige Probleme beseitigen und den Spaß-Faktor in ihrem Leben spürbar höher drehen.

„Hier ist sie… Nennen wir sie fürs erste *Dani-Bunny* die Schnellentschlossene", verkündete Ferdi. „Alles ging sehr flott. Zum Glück habe ich meinen kleinen Camcorder dabei, der zeigt, wie offen und locker die Frauen hierzulande sein können, wenn man sie mit den richtigen Worten überzeugt und ihnen die unnötige Scheu nimmt."

Daniela verstaute das Geld in der Handtasche und verschloss sie. „Welches Hotel?" fragte sie, um die Sache ohne Zeitverlust hinter sich zu bringen. Angriff war die beste Verteidigung.

Kapitel 2:

DIE VORFREUDE

Das Hotel war sehr nobel und teuer. Schon die Empfangshalle war beeindruckend. Ziemlich viel Marmor und Glas. Hohe schlanke Säulen. Exotische Pflanzen in Steinkübeln. Ein moderner Kronleuchter aus weißen und blauen Kristallen.

„Edler Schuppen", sagte Daniela, als sie durch die Halle ging. Ferdi folgte dicht hinter ihr und filmte. Keinen der Gäste oder Bediensteten schien das zu stören. Viele Männer und auch einige Frauen bewunderten mehr oder weniger unverhohlen Danielas Aussehen.

„Zum Aufzug geht's hinten links", dirigierte Ferdi. Daniela nahm Kurs auf eine dunkel getönte Glastür, die flankiert wurde von Pflanzen. Sie sahen aus wie riesige Orchideen. Die Blüten waren hellrosa und räkelten sich um die dicken grünen Stiele.

Im Aufzug waren sie alleine. Ferdi drückte auf die „8", ohne den kleinen Camcorder abzusetzen. Der war auf Danielas Gesicht gerichtet. Mit einem leisen Klingeln schloss sich die Aufzugstür. Die Kabine setzte sich in Bewegung.

Danielas Herz hämmerte laut und schnell. Äußerlich gab sie sich cool. Sie kam sich vor wie in ihrer Jugend, als sie einmal in einem Kaufhaus ein kleines Schminkset geklaut hatte. Mit dem Ding unter ihrer Jacke war sie die Treppe des Ladens hinuntergeschlichen. Ihr Herz hatte aufgeregt gepocht. Der Schweiß war ihr in Strömen heruntergelaufen, obwohl es Herbst und selbst im Inneren des Kaufhauses nicht zu warm gewesen war. Draußen vor der Tür hatte sich dann die Erleichterung breit gemacht, als sie realisiert hatte, dass sie nicht erwischt worden war.

Würde das jetzt ähnlich sein? Wann würde sie Erleichterung oder zumindest ein Abklingen der Aufregung spüren? Nach dem Kennenlernen des Darstellers? Nach dem Nackt-Ausziehen? Während dem Ficken? Oder erst danach, wenn sie mit der Kohle aus dem Hotel draußen war? Wenn doch alles schon vorbei wäre!

Als sie im achten Stockwerk angelangt waren, öffnete sich die Aufzugstür. Ferdi trat auf den Flur, der mit rotem Teppichboden ausgelegt war, und filmte. Er schwenkte das Objektiv langsam den Flur entlang und drehte es dann wieder Daniela zu, die im Aufzug stand, die Hände verkrampft auf ihre Handtasche gepresst.

„Die junge Dame ist noch etwas schüchtern", sagte er. „Ein frisches Naturtalent, das bald seinen schönen Körper zeigen wird. Wie jung bist du, Dani-Bunny?"

Daniela zögerte. „Neunzehn." Sie trat scheu aus dem Aufzug und blickte sich im Flur um.

„Unser Zimmer ist dort drüben", informierte er sie und nickte mit dem Kopf in Richtung der längeren Seite des Flures. Sie gingen über den Teppich, der ihre Schritte so stark dämpfte, dass man sie fast nicht hörte.

Ferdi filmte Daniela von hinten. Ihr Po wogte erotisch im Takt ihrer Schritte. Ihre nackten Beine sahen phänomenal aus, schlank und feingliedrig. Die bunten Sandalen waren hochhakig, wenn auch nicht allzu sehr. Sie bewegte sich damit ausgezeichnet, als hätte sie nie etwas anderes getan als mit diesen Dingern herumzulaufen. Der Minirock spannte sich beim Gehen über ihre Pobacken, als würde er im nächsten Moment zerreißen. Was trug sie darunter? Ein weißes Spitzenhöschen? Ein schwarzes? Etwas ganz ausgefallenes? Nichts? Gleich würde er es erfahren… Falls sie nicht noch einen Rückzieher machte.

Als Daniela auf sein Geheiß vor einer Tür stehen blieb, wandte sie sich ihm zu. Er filmte ihren Oberkörper in Detailaufnahme: Das enge dunkelblaue Top und die zwei festen, prallen Äpfel, die sich darunter verbargen. Täuschte er sich oder waren ihre Nippel unter dem Stoff steif? Sie zeichneten sich unter dem Top ab wie Erbsen. Ihr brünettes Haar reichte ihr bis knapp zur Hüfte und hing einfach herab. Das würde man vor dem Ficken ändern müssen, damit das Haar nicht den Sichtbereich der Kamera verdeckte.

Ferdi klopfte an die Zimmertür, obwohl er einen Schlüssel hatte. Wenige Augenblicke später wurde sie von einem kleinen dicken Typen mit Vollbart geöffnet. „Hi Ferdi", sagte er und streifte den Begrüßten nur mit einem flüchtigen Blick. Seine Augen blieben gierig an Daniela hängen. „Hallo, schöne Frau", sagte er etwas atemlos und fuhr sich mit der Zunge über die Lippen.

Daniela war die Situation unangenehm. Sie hauchte eine Begrüßung und huschte dann Ferdi hinterher ins Zimmer.

Sofort sah sie den jungen Gott, der da auf dem Bett lag. Jedenfalls sah er aus wie einer. Unverschämt gutaussehendes Gesicht, sehr männlich-markant und auffallend hübsch. Schwarzes, kurzgeschorenes Haar. Eine goldene Halskette, die so dick, schwer und enganliegend war wie das metallene Hundehalsband einer Dogge. Er trug nur einen weißen Slip, unter dem sich eine unübersehbare Beule abzeichnete.

Der Typ hob die Hand zum Gruß und grinste sie an: „Hallo!"

„Hi", sagte Daniela verunsichert. Ferdi hatte den kleinen Camcorder abgeschaltet und legte behutsam eine Hand auf die Schulter der jungen Frau. „Das ist Daniela", sagte er. „Sie ist ziemlich cool und spontan und hat sich bereit erklärt, in unserem Filmchen mitzuwirken."

„Siehst gut aus", sagte der Typ auf dem Bett. „Hey, Ferdi, ich dachte schon, du willst mich verarschen und schleppst so ein verrücktes Monster hier an mit Haaren zwischen den Zähnen!"

„Bei Daniela kriegst du in Nullkommanichts einen hoch, wetten?" verkündete Ferdi gutgelaunt.

„Als ob das je ein Problem bei mir wäre", brummte der Darsteller. Dann beugte er sich vor und streckte Daniela die Hand hin. Sie nahm sie und schüttelte sie kurz. „Ich bin Ricardo", verkündete er stolz. „Das ist aber nur mein Künstlername." Seine Goldkette funkelte protzig und schwer.

„Angenehm", sagte Daniela. Ihre Stimme verriet jedoch, dass die Sache ihr nicht ganz behagte. Mit einem Mal war sie sich bewusst, dass sie sich in einem Hotelzimmer mit drei fremden Männern befand. Sicher, sie hatte eine stattliche Summe Geld erhalten, die sie nicht hatte ablehnen wollen. Doch was war, wenn sie ihr das Geld wieder abnahmen? Oder mörderische Perverse waren, die sie in eine Falle gelockt hatten?

Als hätte er ihre Gedanken erraten, beruhigte Ferdi sie mit einem kleinen Vortrag über die Umstände und Besonderheiten von Porno-Drehs. Er sprach in einem sachlichen Fach-Chinesisch und ging dabei wieder auf und ab, wie es seine übliche Art zu sein schien. Kritisch prüfte er dabei die Einstellungen der beiden Scheinwerfer, die in den Ecken des Raumes aufgestellt waren, und die der Filmkamera, die auf einem Stativ in der Nähe der Tür befestigt war.

„Wir machen vieles selbst und mit einem sehr kleinen Team", erklärte er. „Das ist mein Style. Das meiste des Budgets fließt an die Darsteller, die schließlich das Wichtigste bei einer Produktion sind. Dank professioneller Erfahrung und moderner Technik ist der Rest einfach zu handhaben. Das Ganze steht und fällt mit guten Darstellern!"

Der Dicke mit dem Vollbart war der Kameramann und stellte sich als „Thorsten" vor. Er checkte einen Stapel beschriebener Papierblätter, der auf ein Klemmbrett geheftet war. Einmal furzte er leise. Daniela hörte es und fand es ekelhaft und unhöflich. Der Kerl entsprach am ehesten dem Klischeebild, das sie von Leuten aus dem Gewerbe hatte. Außer dass seine lockigen Haare nicht fettig waren, sondern gepflegt. Auch der Vollbart machte einen ordentlichen Eindruck. Sein Arsch hing ihm halb aus der schlotternden Hose. Ein bleicher, schauriger Doppel-Mond.

„Ich will ficken", sagte Ricardo. „Sie sieht geil aus." Er knetete mit der rechten Hand an seinem Schritt herum. Daniela registrierte es, sah aber weg. Dabei war sie so nahe dran, Verruchteres zu tun als nur einen Mann dabei zu beobachten, wie er an seinem Geschlechtsteil herumspielte.

„Geduld", sagte Ferdi, der nun mit einem Mini-Koffer hantierte. „Ihr werdet nachher ficken. Ich glaube, unser Bunny ist auch schon ganz heiß. Wenn nicht, dann bestimmt bald. Sie wäre sonst die erste, die bei deinem Schwanz nicht in Ekstase geriete." Er entnahm dem Koffer eine Puderdose und bat Daniela, vor dem Schminktisch Platz zu nehmen. „Ich habe mal in jungen Jahren eine Ausbildung als Maskenbildner angefangen", erklärte er. „Nicht vollendet zwar, aber einiges ist dennoch hängengeblieben. Das macht mir immer noch Spaß, deshalb erledige ich die Schminkerei selbst."

Während sie gepudert wurde, knallte im Hintergrund etwas. Sie zuckte zusammen. Ein Sektkorken! Ferdi lachte und strich ihr mit dem dicken Echthaarpinsel über die Wange. „Schampus", sagte er. „Noch gibt es nichts zu feiern. Wir bringen uns nur etwas in Stimmung."

Ohne ihr Spiegelbild, das ihr da entgegensah, aus den Augen zu verlieren, nahm Daniela den Sektkelch, den Thorsten ihr reichte. Sie probierte einen Schluck. Der Champagner schmeckte gut. Kühl. Nicht zu trocken und nicht zu süß, gerade richtig. In langsamen Schlucken trank sie das Glas leer. Unbeirrt pinselte Ferdi weiter Puder auf ihr Gesicht, ließ auch Kinn und Hals nicht aus. Thorsten goss nach. Sie sah die dunkle Champagnerflasche. Vereistes Wasser klebte an der Flasche, die aussah wie die, mit der sich im Fernsehen die Formel-1-Fahrer auf dem Siegerpodest immer bespritzten. Nur kleiner.

Rasch entfaltete der Alkohol seine Wirkung. Eine angenehme Mauer aus Ethanol-Dämm-Material legte sich um ihren Geist. Die Situation erschien Daniela nun nicht mehr ganz so außergewöhnlich und verstörend, sondern einleuchtend: Sie hatte ein super Angebot bekommen, fünftausend Piepen in wenigen Stunden zu verdienen, und es angenommen. Nachher würde sie mit einem geilen Hengst vögeln, um den sich sonst in der Disco sämtliche Frauen gebalgt hätten. Zumindest die ungebundenen. Ungebunden war auch sie. Dies war das einundzwanzigste Jahrhundert. Sie war nicht im Land der Taliban und konnte tun und lassen, was sie wollte. Das war alles.

Als das Schminken und Pudern beendet war, besprachen sie kurz den Ablauf des Drehs. Es war eine einfache Sache. Sie würden mehr oder weniger ganz natürlich den Dingen ihren Lauf lassen und sollten sich Zeit dabei lassen.

Ferdi rief: „Kamera ab!" und klatschte in die Hände. Thorsten stand hinter der Kamera und sagte: „Kamera läuft!"

Ricardo ging auf Daniela zu. Er lächelte sie an. Ihr wurde etwas schwummerig. Das lag nicht unbedingt nur am Champagner. Immer noch trug er nur einen Herrenslip. Sie hatte noch ihr Top an, den Minirock und ihre bunten, hochhackigen Sandalen.

„Lass es uns treiben", sagte er, als rede er übers Wetter. „Ich werde dich gut rannehmen, das verspreche ich dir. Du wirst nass werden, als wäre deine Muschi auf Tauchstation!" Er umfasste ihre Taille mit großen, festen Händen. „Aber zuerst", sagte er verschwörerisch, „lecke ich dich überall."

Sie küssten sich. Seine Zunge schmeckte rau und etwas salzig. Die ihre empfand er als schmal, wendig wie ein kleines nacktes Wiesel und sehr zart. Ricardo packte fester zu. Sie wand sich spielerisch in seinen Armen, was ihn noch mehr anspornte, die Aktion tatkräftig zu dominieren. Leidenschaftlich wühlte er seinen Kopf in ihre Halsbeuge, umfuhr mit der Zunge ihren Kehlkopf, die Unterseite ihres Kinnes und ihr linkes Ohr. Dann begann er sie auszuziehen. Sie spürte, dass sein Schwanz hart wurde. Die schwellende Eichel drückte gegen ihren Unterbauch.

„Ficken werde ich dich!" stöhnte er voller Vorfreude. „Du geiles Stück, du!"

Wie zur Bestätigung rieb sie sich an seinem Körper, schmiegte sich an ihn wie eine Katze. Im Hintergrund surrte fast unhörbar die Kamera. „Gut so!" hörte sie Ferdis Stimme wie ein Trainer, der Sportler bei ihren Übungen anfeuert. „Ganz toll machst du das, Daniela!"

„Kommt das nicht auf Band, wenn du sprichst?" fragte Daniela. Obwohl sich ganz allmählich in ihr so etwas wie sexuelle Lust zu regen begann, meldete sich ihre Neugier über die Technik.

„Das wird später rausgeschnitten", erklärte Ferdi. „Ganz easy."

Ricardo nestelte an ihrem Oberteil. Fordernd zwar, aber nicht eilig, zog er es ihr aus.

„Oh wow!" stieß er hervor. „Du hast hübsche Titten." Er besah sich ihre festen Busen. Sie waren wohlgeformt und kompakt. Die rosa Nippel standen steif ab und liefen an den Enden spitz zu. Ricardo beugte sich hinunter und begann zärtlich und vorsichtig zu lecken. Zuerst kaum spürbar, dann immer wilder. Schließlich saugte er an den Brüsten, als wäre er ein Verhungernder auf der Suche nach Milch. Seine dicke goldene Halskette berührte hart und kühl ihre Haut. Wie viel die wohl gekostet hatte? Bestimmt so viel wie das Honorar, das Ferdi ihr gegeben hatte. Vielleicht mehr.

Danielas Busen glänzten vor Speichel. Ricardo zuzzelte an den wohlgeformten Glocken. Seine Zunge wanderte langsam nach oben in Richtung ihres Halses. Gleichzeitig begannen seine Hände, die Brüste zu streicheln und zu massieren.

„Lass dich gehen, Bunny! Sei ruhig schmutzig", empfahl Ferdi. „Heute darfst du eine wollüstige junge Sau sein!"

„Das kommt immer gut", bestätigte der filmende Thorsten. „Du kannst auch mal keuchen oder stöhnen. Bloß nichts unterdrücken! Aber übertreibe es nicht damit. Am besten ist es, wenn es nachher immer wilder zur Sache geht. Eine Art Spannungsbogen sozusagen, der sich dann auf dem Höhepunkt auflöst."

Die machen ja eine Wissenschaft draus! dachte Daniela. „Okay!" stieß sie hervor. Ricardo war damit beschäftigt, ihr den Minirock auszuziehen. Sie half ihm dabei und wand sich aus dem engen Textil heraus. Ihre langen schlanken Beine bewegten sich in einem fließenden, eleganten Rhythmus, als er sie immer wieder an sich drückte.

„Fick mich! Ich bin so geil!" stieß sie hervor und erschrak im gleichen Augenblick über die unkeuschen Worte, die ihr da vor laufender Kamera herausgepurzelt waren.

Er sah ihren weißen Slip aus dünnem Stoff. Ohne sich lange damit aufzuhalten, zog er kräftig daran, bis er zerriss. Beiläufig warf er den Stofffetzen hinter sich.

19,99,-- dachte Daniela betrübt. Und, dann, aufgeheitert: *Scheiß drauf. Weg mit dem Lumpen! Bald kann ich mir hundert davon kaufen!*

Sie stand nun vor Ricardo, nackt bis auf die hochhackigen Sandalen. Ihr Schamhaar war rasiert. Kurze Stoppeln verrieten, dass die Rasur schon ein paar Tage her war. Ricardo rieb ihr mit der flachen Hand am Schamhügel. Daniela zuckte nervös zusammen und atmete laut.

„Klasse!" meldete sich Ferdi aus dem Hintergrund. „Du machst dich! Lass dich gehen. Verwandle dich zum Tier. *Fühle* nur noch!"

Daniela gehorchte. Fünftausend winzig kleine Gründe geboten ihr dies, in der Summe eine gewichtige Stimme. Und da war noch dieses warme Vibrieren in ihrem Unterleib. Ein aufwallendes, wärmendes Gefühl wie von unzähligen Ameisen, die langsam erwachten und munter wurden.

Der Typ wird jetzt gleich mit mir bumsen, dachte sie. *Und ich finde es voll okay!*

Die Kamera wurde neu positioniert. Sie bekamen von Ferdi die Anweisung, sich in Richtung des Objektivs zu drehen. Ein „Cut" folgte: Daniela sollte sich ihr Haar zurückbinden, da es sonst „der Kamera im Weg" wäre. Sie kramte aus ihrer Handtasche einen Haargummi, nicht ohne sich zu vergewissern, dass das Geld noch da war. Sie hatte es in einer Seitentasche versteckt. Mit einem verheißungsvollen Knistern verkündeten ihr die Scheine, dass sie auf sie und den morgigen *Happy Shopping Day* warteten.

„Was ist mit Safer Sex?" fragte Daniela, als sie den Haargummi an ihrem Hinterkopf zurechtrückte. „Ich mach´s nur mit Kondom."

„Klar doch", versicherte Ferdi. „Das ist zwar immer noch bei vielen Pornos nicht üblich, aber das können wir schon machen. Du siehst so scharf aus, da werden die Zuschauer uns den Gummi verzeihen. Obwohl Ricardo ein sauberer Bock ist. Nicht war, Rico?" Er drehte sich zu dem Pornodarsteller um, der an seinem Glied herumfingerte, um es daran zu hindern schlaff zu werden.

„Hundert pro!" antwortete dieser. „Ich gehe ständig zum Gesundheitsamt. Kenne dort schon alle Zeitschriften in- und auswendig. Mein Bildung wird dadurch immer perfekter. Hab einen Wisch, aktuell mit Brief und Siegel, vom Pimmel-Doktor persönlich. Eine wasserfeste Bums-Bescheinigung mit Lizenz zum Lecken und Lutschen. Keine Krankheiten, keine Viren, keine Würmer! Durch und durch sauberer Zuchthengst." Er lachte vergnügt.

„Lasst uns weiterdrehen!" drängte Ferdi. Er war immer erst halbwegs entspannt, wenn schon etliche Sex-Szenen abgedreht waren und eine erfolgreiche Produktion verhießen. Der Tag war zwar noch recht jung an diesem Nachmittag. Man wusste aber nie, ob es Komplikationen geben würde beim Dreh, seien es technischer oder menschlicher Art. Allerdings war er optimistisch: Die unerfahrene Darstellerin schien äußerst willig zu sein. Ricardo war ein zuverlässiger Profi, der seinen Mann stehen würde. Die Kamera und die Scheinwerfer funktionierten tadellos. Das große Zimmer, das eigentlich eine kleine Suite war, hatte schalldichte Wände. Das Telefon war vom Stromnetz genommen und konnte sie nicht durch ein Läuten stören.

„Film ab!" befahl Ferdi. Die Kamera blinkte.

Die Vorgabe lautete nun, dass Daniela anfangen sollte, Ricardo einen zu blasen. Zunächst küssten sie sich noch einen Augenblick lang. Dann ging Daniela mit gespreizten Beinen in die Knie. Schamlos offen präsentierte sie ihr Geschlecht. Die Schamlippen glänzten frisch und rosa im künstlichen Licht. Verführerisch langsam fing sie an, Ricardo den Slip herunterzuziehen. Als sie ihn bis knapp oberhalb seiner Knie gezogen hatte, ließ sie ihn achtlos da wo er war und widmete sich dem halb aufgerichteten Glied, das da vor ihr prangte. Zunächst hielt sie es mit einer Hand umfasst und rieb leicht daran. Die Eichel hatte sie fest im Blick, als wolle sie sie herzlich grüßen. Gefühlvoll schob sie mit der linken Hand die Vorhaut hin und her, gleichmäßig und immer wieder. Mit der rechten Hand umspielte sie Ricardos Hodensack, kraulte die Eier und strich ihm immer mal wieder zwischen den Beinen entlang Richtung Anus.

„Du geiles Stück", flüsterte er. „Du willst es, du stehst voll im Saft!" Daniela sah ihn von unten herauf an und beteuerte: „Ja, ich will dich gleich in mir haben! Gib mir deinen Schwanz!" Sie glaubte sich selbst schon jetzt wie in einem Film zu sehen. War das zu fassen? Heute Vormittag hatte sie noch als brave Sekretärin im Büro gesessen und überlegt, wie sie den heutigen Freitag verbringen wollte. Heute in der Sonne alleine und den morgigen Samstag mit Silke, so viel schien klar gewesen zu sein. Nie im Leben hätte sie gedacht, dass ihr so etwas passieren könnte. Wenn ihr jemand gesagt hätte, dass sie wenige Stunden später in einem noblen Hotelzimmer mit drei Männern sein würde, von denen einer sie fickte, ein anderer sie filmte und der dritte Regie führte, sie hätte laut gelacht. Oder den frechen Schwätzer mit den Absätzen ihrer Sandalen in den Hintern getreten.

Der Kameramann Thorsten schlich mit seinem Gerät um sie herum. Er zoomte sie in Großaufnahme, während sie Ricardos Schwanz in den Mund nahm. Sie spürte die große Eichel in ihrer Mundhöhle und ließ sie nach hinten gleiten in Richtung Rachen. Blasen konnte sie ganz gut. Damit hatte sie ihre früheren Freunde und auch Bekanntschaften aus One-Night-Stands schon immer erfolgreich beglückt.

Ricardos Schwanz war lang und dick, wie man es von einem Pornodarsteller erwartete. Sie schätzte ihn auf zwanzig bis zweiundzwanzig Zentimeter Länge. Sein Umfang entsprach etwa dem ihres Handgelenks. Nur einer ihrer Geschlechtspartner hatte bisher ein ähnliches Teil besessen, vielleicht geringfügig kleiner. Daher war ihr der Umgang mit einem Gehänge von Ricardos Größe vertraut. Ungewohnt war allerdings die Tatsache, dass ihr Geschlechtsakt mit dem männlichen Model für die Nachwelt digital aufgezeichnet wurde.

Ricardo fing an zu stöhnen. *Alles Theater*, dachte sie. Doch sein Schwanz richtete sich immer mehr auf, wurde härter und noch größer, als er ohnehin schon war. Schon musste sie sich auf den Knien etwas höher aufrichten, da sein steifes Glied nun in einem steilen Winkel von ihm abstand und in ihrem Mund nach oben drückte. Es glänzte speichelbeschmiert. Sperma hatte sie noch keines geschmeckt. Es brauchte einige Zeit, bis die ersten Lust-Tröpfchen durch den Samenleiter des langen Schwanzes nach oben zum Ausgang gelangten. Das Gesetz der Schwerkraft.

Daniela blies weiter und passte dabei auf, mit den Zähnen nicht grob die empfindliche Eichel zu berühren. Das war gar nicht so einfach, denn ihr Mund war ausgefüllt, als würde sie eine ausgewachsene Kiwi-Frucht lutschen.

„Ich werde verrückt", sagte Thorsten und war mit der Kamera ständig in Bewegung. „Sie wird das Ding noch fressen, wenn sie so weitermacht!"

Ferdi rieb sich die Hände. Ihm war, als würde sich ein Rennpferd, das zu seinem Stall gehörte, dem Ziel nähern und siegen.

Dieses Luder hatte allem Anschein nach das Zeug zum Pornostar.

Kapitel 3:

DIE AKTION

Ferdi hatte mit seinem blumigen Geschwätz im Park nicht zu viel versprochen: Ricardo verstand es tatsächlich, eine Frau für den Liebesakt warm zu kochen, um sie schließlich zum Brodeln zu bringen. Er war ganz nackt, hatte sich seiner Unterhose entledigt. Daniela lag auf dem Bett. Ricardo hatte ihre beiden Fußknöchel umfasst und spreizte ihre Beine, während er sie leckte. Routiniert wechselte er zwischen drei erogenen Zonen: Ihrem Kitzler, den inneren Schamlippen und ihrem Anus. Um ihren Anus mit der Zunge zu liebkosen schob er ihre Beine an den Kniekehlen weit nach hinten, so dass ihr Unterkörper sich leicht nach hinten rollte und ihren Po freigab.

Danielas Anus war haarlos, als wäre er blankrasiert worden. Zärtlich umspielte Ricardos Zunge die muskulöse Anus-Manschette, die den Enddarm verschloss, sowie den ersten Ansatz der Schamlippe. Sie glaubte dabei fast zu explodieren, so kitzelte es sie.

„Nicht... nicht... da...!" Sie schüttelte den Kopf, wusste nicht, wie sie dieses intensive Gefühl aushalten sollte, ohne durchzudrehen. Die Kamera hatte sie in diesem Moment vergessen. Mit geschlossenen Augen genoss sie die Kontaktaufnahme von Ricardos Zunge mit ihrem Anus. Sie grub ihre Finger in das weiche Bettlaken und atmete in schnellen Stößen.

Ricardo leckte gierig und selbstvergessen wie der Bär am Honigtopf. Mal saugte er an ihrem vorgereckten Kitzler. Dann fickte er sie mit der gespitzten Zunge so tief in ihre Scheide, dass seine Nase den Kitzler massierte. Zur Abwechslung lutschte er ihr dann wieder am Po-Loch herum.

Im Wechselbad der sexuellen Gefühle wand sich Daniela auf dem Bett wie eine Sterbende im Todeskampf. Dieser Mistkerl war einfach zu geschickt! Er hatte das bestimmt schon unzählige Male gemacht und es damit zur vollendeten Meisterschaft gebracht. Ohne den Eindruck von zu viel Routine zu vermitteln, gönnte er ihr mit seiner Zunge ein heißes Vorspiel in höchster Perfektion. Es wurde weder langweilig noch war er dabei zu hektisch. Er traf genau das richtige Tempo und schien zu spüren, wenn eine Leck-Position sie fast um den Verstand brachte. In diesem Fall wechselte er wieder vom Kitzler zu den Schamlippen oder von diesen zum Anus oder von letzterem wieder zum Kitzler. Daniela meinte ihre Scheide sich erhitzen zu fühlen wie ein Vulkan, in dem die Lava anfängt hoch zu kochen. Was hatte der nur für eine Zunge? Warum hatte sie bei keinem ihrer Freunde oder One-Night-Stands jemals solche tiefen Lustgefühle gehabt? Oder waren das nur kurzweilige Momente der Lust gewesen, an deren Schönheit sich ihr Gehirn nicht mehr erinnern konnte?

Jetzt vibrierte die junge Frau mit dem brünetten langen Haar im Strudel des Vorspiels. Ihr Gehirn dachte nicht mehr, sondern schlug Purzelbäume. Sie war heißes Wachs in den kundigen Händen des Mannes. Er benetzte ihren Garten der Lüste mit dem Tau seiner Zunge. Ihr ganzer Unterkörper war bereits feucht. Der Geschmack der Nässe verriet Ricardo, dass diese nicht nur aus dem Speichel seines Mundes stammte. Das leicht bittere Aroma ihrer Scheidenflüssigkeit war überall zu schmecken.

„Du bist ganz nass", raunte er ihr zu und sah leckend zu ihr nach oben. Er konnte nur ihr Kinn erkennen, das nach oben wies, umspielt von verschwitzten dunklen Haarsträhnen.

„Ja", keuchte sie, „mach weiter! Hör jetzt nicht auf!" Sie fühlte *etwas* nahen. Etwas Großes, ungeheuer Schönes, Unfassbares. So schnell?

Der Orgasmus kam so rasch, dass sie ihn erst als solchen erkannte, als er schon wieder abebbte. Wie eine brausende Welle der Lust umspülte der Höhepunkt ihren Geist. Sie hörte ein Quieken, ein Schreien, ein Fiepen – und stellte staunend fest, dass sie es war, die diese Geräusche von sich gab.

„Meine Güte!" sagte Ferdi kopfschüttelnd und fasziniert. „Die Kleine ist ja so was von engagiert! Sie hat ihr Pulver schon vorschnell verschossen, wie es aussieht... wenn *das* echt war."

„Das war echt", stellte der Kameramann Thorsten fest und hielt mit dem Objektiv weiter auf die Szene drauf. Daniela lag ermattet auf dem zerwühlten Bett. Ricardo hatte von ihr abgelassen. Er streichelte lediglich mit der linken Hand ihre schweißnassen Brüste. Mit der Rechten molk er seinen Ständer, der schon merklich herabgesunken und kleiner geworden war. Er stand jetzt etwa waagerecht vom Körper ab.

„Mensch! Mach's ja nicht wie sie!" Ferdi schlug die Hände überm Kopf zusammen. „Hör auf damit!"

„Quatsch!" winkte Ricardo ab. „Das hab ich unter Kontrolle, Chef. Ich melke ihn nur etwas, damit er steif bleibt. Der Saft bleibt im Beutel, versprochen!" Er kicherte. „Jedenfalls vorerst."

„Ihr Schweine!" sagte Daniela matt, als wäre sie bei dieser Sache völlig willenlos gewesen und keine Frau, die ihre Entscheidung zum Porno drehen aus freien Stücken getroffen hatte. Sie kniff die Beine zusammen, die Hände vor den Schritt gepresst. Deutlich spürte sie Nässe, die bald anfangen würde zu trocknen.

„Dir hat es ja enormen Spaß gemacht, wie wir hören und sehen konnten", sagte Ferdi freundlich. „Es geht aber weiter, meine Süße. Bis jetzt haben wir nur das Vorspiel im Kasten."

„Ich bin müde", protestierte Daniela schwach, wohl wissend, dass sie ihren Teil der Abmachung erfüllen würde und es bisher noch nicht zum entscheidenden Akt gekommen war.

„Klar bist du müde", entgegnete Ferdi verständnisvoll. „Schließlich bist du ja gerade in Windeseile den Gipfel der Lust hochgejagt... und das ohne Sauerstoffmaske." Ricardo lächelte. „Jetzt lutsch ihm die Stange, ausgiebig und so, dass die Kamera alles sieht und nichts verdeckt wird", fuhr Ferdi fort.

„Okay." Daniela seufzte. „Dann her mit dem Schwanz."

Diesmal lag Ricardo auf dem Bett. Daniela beugte sich über seinen Schritt und saugte an seinem Penis. Ricardo stöhnte leise vor sich hin. „Yeah... uuh... yeah... oh, Baby!" Sie hatte noch nicht viele Pornos gesehen, aber das waren so in etwa die intelligentesten Worte, die die männlichen Darsteller in Pornos von sich gaben.

Daniela blies noch kräftiger. Sein Gerät musste sich bereits anfühlen wie unter einer Saugglocke. Fast hätte sie gegrinst bei diesem Gedanken, doch sie konnte sich beherrschen. Das Grinsen hätte ziemlich schmerzhaft für sein Glied werden können. Ihre Zähne zeigte sie in einer solchen Situation besser nicht.

Ricardos Schwanz stand steil und stramm nach oben wie ein Turm aus Fleisch. Daniela umfasste die Wurzel des Gliedes mit ihren Fingern und drehte es sanft in ihre Richtung. Ihre vollen, geschminkten Lippen fuhren auf der empfindlichen Penishaut hin und her, fest an sie gepresst und doch geschmeidig, geschmiert durch ihren Speichel... und noch etwas anderes. Sie schmeckte die Vorboten seines Eiersaftes, den unverwechselbar nussigen Geschmacks seines *Gelato Sperma*.

„Du Luder!" stieß Ricardo hervor. Er spürte, wie sein Saft immer mehr in

Wallung kam und in seinem haarigen Beutel rumorte. Die Eier arbeiteten auf Hochtouren. Sie schoben wohl eine Sonderschicht im Akkord, um die Produktion der Suppe zu gewährleisten, die für das Finale des Porno-Drehs in einer ordentlichen Menge benötigt wurde. Ricardo hatte als Profi ganze Vorarbeit geleistet: Drei Tage vor dem Drehtag hatte er weder Geschlechtsverkehr mit einer Frau gehabt noch sich selbst abgemolken. Stattdessen hatte er fleißig Sport getrieben und eiweißreiche Nahrung zu sich genommen: Steaks, Omeletts und Sojawürste, dazu Vollmilch und auch reichlich frische Knoblauchzehen, fein gehackt aber ungekocht. Letztere, um sein Blut flüssiger zu machen und die Durchblutung anzuregen. Freilich hatte er am letzten Tag vor dem Dreh auf den Knoblauch verzichtet, um die Geruchsbelästigung für die Anwesenden zu vermeiden.

Jetzt strahlte er in voller Leistungskraft. Wie ein einzigartiger, attraktiver Roboter, der auf jeden Fall gewillt war, die hohen Erwartungen, die in ihn gesetzt wurden, zu erfüllen. Wieder einmal dachte er etwas grimmig an die Ungerechtigkeiten der Biologie des menschlichen Körpers. Frauen waren dabei seiner Meinung nach deutlich im Vorteil, wenn es um die Leistungsfähigkeit beim Sex ging. Schließlich konnten sie einfach nur passiv daliegen, wenn sie wollten, und den Mann die ganze Arbeit tun lassen. Und es war wirklich harte Arbeit, oh ja! Kräftiges, elegant aussehendes Ficken in immer wieder wechselnden Stellungen, die den Ansprüchen der Regie genügten, war nicht leicht. Immer musste darauf geachtet werden, dass das Kameraobjektiv alles gut aufnehmen konnte, dass kein Haar oder Körperteil die Sicht verdeckte. Während gleichzeitig die Leistungsbereitschaft im wahrsten Sinne des Wortes *aufrechterhalten* werden, der Schwanz also schön steif blieben musste. Egal, wie unerhört hübsch und willig die Darstellerin auch sein mochte! Die Erlösung durfte im Idealfall erst kommen, wenn es von Seiten des Regisseurs das „Okay!" gab. Wenn die Produktion im Kasten war. Davon waren sie momentan noch weit entfernt.

Daniela lutschte mit Hingabe und besah sich hin und wieder für einen Augenblick ihr Werk: eine pulsierende, gerötete Fleisch-Stange, blaugeädert und mit heißgeschwollenem, beinahe violett gefärbtem Kopf. Wenn sie den steifen Schwanz tief in ihren Mund schob, verschwand er fast zur Hälfte darin. Die Eichel stieß dabei ab und zu an ihr Gaumenzäpfchen. Da sie schon Übung hatte, gab sie in diesem Fall kein würgendes Geräusch von sich, sondern schaffte es, den unangenehmen Reiz zu unterdrücken.

Sie variierte das Spiel. Hin und wieder liebkoste sie mit der Zungenspitze die geplagte Eichel, bis Ricardo sie anflehte weiter zu blasen. Ab und an machte sie sich an seinem Sack zu schaffen, nahm abwechselnd eines der Eier in den Mund und wiegte es auf ihrer Zunge hin und her. Sehr wohl war ihr bewusst, wie ungeheuer behutsam sie mit diesem Gehänge umgehen musste. Einerseits konnten sie zwar grobe, tumbe Machos sein, diese manchmal gefühlsarmen Männer. Andererseits waren sie an besonders *dieser einen Stelle* so zerbrechlich, verletzlich und angreifbar, dass man es als Frau kaum glauben konnte.

Einmal hatte eine ihrer Disko-Bekanntschaften richtig am Rad gedreht, als sie sich einen kleinen Fehltritt geleistet hatte. Es war ein großer, gutaussehender Blonder gewesen, der nicht nur ein Berufssoldat, sondern auch ein ehrgeiziger Gewichtheber gewesen war. Ein Vieh in Menschengestalt, ein zivilisierter Höhlenmensch. Eine Kampfmaschine, die anscheinend auf Knopfdruck sämtliche Gefühle abstellen konnte und auch im Bett ein Schwergewicht zu sein schien. Von wegen! Kaum hatte sie ihn beim Blasen einmal versehentlich mit den Zähnen an der Eichel berührt, jaulte er auf wie ein geprügelter Hund. Anschließend verfiel er in ein quengelndes Jammern wie ein Schulmädchen, dem eine Freundin das baumelnde Kuscheltier von der Schultasche gerissen hat.

Seitdem wusste Daniela: Selbst die härtesten Kerle konnten sich als Jammerlappen herausstellen, sobald sie alleine waren und sie sich unbeobachtet fühlten. Oder sobald es schlicht um ihre kostbaren Weichteile ging.

„Dich melke ich, du Drecksau!" sagte sie mit heller, geiler Stimme, aufgestachelt und schamlos, feminin und dominierend zugleich. Sie genoss ihre Macht. Ricardo keuchte. Sein Kolben rotierte in ihren Fingern und ihrem Mund. Er war ihrer tatkräftigen Blaserei schutzlos ausgeliefert.

„Sehr gut!" meldete sich Ferdi zufrieden zu Wort. „Sei ein unanständiges Mädchen, Daniela! Zeig dem Kerl, wo das Schicksal seines Hammers liegt... nämlich in deinen Händen!"

Nach einer Weile klatschte er kurz in die Hände. „Schnitt!" rief er. „Jetzt wird gefickt!"

Fast erleichtert löste sich Ricardo von Daniela. Er zog sein pulsierendes Glied zurück und nahm es eifersüchtig wieder in seinen Besitz. Wie ein Schoßhündchen, das er in fremde Obhut gegeben hatte, nur um es jetzt wieder in seinen Armen begrüßen zu dürfen. Zärtlich streichelte er seinen geröteten Schwengel. Die Eichel schmerzte etwas und fühlte sich rau an. Er wünschte sich wieder einmal, er wäre beschnitten und besäße keine Vorhaut mehr. Schon oft hatte er von Darsteller-Kollegen gehört und es auch im Internet gelesen, dass beschnittene Penisse unempfindlicher waren. Da sie praktisch ständig ungeschützt mit Reibungen an Slip, Hose und so weiter konfrontiert und deshalb „abgehärtet" waren. Der ständige Hautkontakt würde die Eichel unempfindlicher machen, so hieß es. Es sei letztendlich auch hygienischer beim Waschen. Alles läge frei und sei leicht zugänglich für Wasser und Seife.

Egal, alles in allem war Ricardo zufrieden mit seinem Leben und auch mit seinem Gehänge. Sicherlich, der Leistungsdruck war da, und besonders beim heutigen Dreh mit dieser supergeilen Brünetten stärker denn je. Doch es war nun mal sein Job, und es war ein guter. Ricardo würde in seinem wunderbaren Leben ficken bis zum Sankt-Nimmerleins-Tag. Bis ihm der Schwanz abfiel oder der Schwellkörper für immer seinen Dienst quittierte. Und bis dahin mochte die Schulmedizin Wundermittel erfinden, die es ihm ermöglichten, zu ficken bis der Sensenmann vor der Tür stand!

Sie fingen langsam und spießig an, um sich später in eine perverse Raserei steigern zu können: Die ganz normale, bürgerliche Missionarsstellung. Die Fick-Stellung alter Schule.

Daniela spreizte die Beine und machte es ihm leicht. Sie empfing ihn wie einen alten Bekannten. Kaum hatte er sich das Kondom übergestreift, begehrte sein strammer Prügel Einlass in ihre Pforte. Der Schwanz war etwas schlaffer geworden, als Ricardo sich den Gummi übergezogen hatte. Daniela hatte ihn mit dem übergestülpten Präservativ nicht wieder steif geblasen, weil sie den Gummigeschmack nicht mochte. Doch nun, als sein Schwanz sich daran machte, zwischen ihren Schamlippen hindurch zu gleiten, regte sich wieder die unbändige Geilheit in ihm. Wie von selbst erstarkte das Glied und fühlte sich plötzlich so eisenhart an, als sei Ricardo in seiner frühsten Jugend und hätte soeben erst entdeckt, dass ein Penis nicht nur zum Wasserlassen geeignet war.

Es klatschte, als Haut auf Haut schlug und Daniela ihre nackten Beine um seine schmale Hüfte schlang. „Reite los, geiler Bock!" rief sie. Ihre Stimme überschlug sich, klang aufgeregt und erwartungsvoll. Die scheinbare Müdigkeit nach ihrem ersten Orgasmus war wie weggeblasen. Augenscheinlich freute sie sich auf den zweiten Akt, der ihr vielleicht noch schönere Genüsse brächte.

Wie in Zeitlupe bewegte sich sein Schwanz in ihre Scheide. Die geschwollenen Lippen weiteten sich, der Kitzler hob sich etwas und reckte sein neugieriges Köpfchen hervor. Ricardo schob sein Glied bis tief in Daniela hinein. Der Kitzler senkte sich wieder etwas. Daniela nahm ihn widerstandslos und ganz in sich auf. Leise stöhnend quittierte sie sein Vorwärtsdrängen.

Langsam begann er sie zu bumsen. Sein strammer, fester Hintern bewegte sich auf und ab, stieß zunächst unregelmäßig und dann immer taktvoller gegen ihren Unterleib. Seine im Sonnenstudio gebräunte Haut glänzte vor Schweiß. Ihre Beine rutschten während seiner Bockbewegungen von seiner verschwitzten Haut ab und fanden sogleich neuen Halt. Fest, als würde sie ihn nie wieder aus dieser Position entkommen lassen wollen, hielt Daniela mit ihren wohlgeformten, langen Beinen seine Taille umschlungen.

So fickten sie ein paar Dutzend Bockstöße lang, bis von Ferdi ein Befehl kam: „So geht das nicht! Detailaufnahme! Die Beine müssen weg."

Daniela begriff schnell. Sie schob ihre Beine vom ackernden Ricardo herunter und winkelte sie an. Die Kamera konnte jetzt sehr gut filmen, wie der steife Schwanz immer und immer wieder in ihre Spalte glitt.

„Phantastisch!" lobte Ferdi. Er war begeistert und sah im Geiste schon das Endprodukt vor sich: Ein wilder, solide gemachter Porno, in dem *good vibrations* ehrlicher Hingabe zu spüren sein würden.

Sehr genau registrierte die HD-Kamera Danielas körperliche Reaktion auf die Penetrierung. Schwellungen, Rötungen und die Absonderung von Scheidenflüssigkeit konnten eindeutig nicht gespielt sein, sondern waren echt. Ihre Schamlippen waren so gerötet und geschwollen, dass sie mit etwas Phantasie Ähnlichkeit mit frischen kleinen Mettwürstchen hatten. Ricardos pumpender Schwanz förderte immer mehr Feuchtigkeit zutage. Danielas Unterleib war bald so nass wie ein tropischer Sumpf in der Regenzeit, besudelt von ihrem dampfenden Lustsekret.

Unter den kraftvollen Stößen ihres Filmpartners ruckte ihr Kopf hin und her. Ihre rundlichen Schultern bebten. Daniela hatte die Augen geschlossen und die Zähne zusammengebissen, vollauf beschäftigt mit intensiven Lustgefühlen.

Über ihr arbeitete Ricardo aufmerksam und konzentriert. Er benutzte seinen stoßgeübten Fleischriemen wie ein teures Werkzeug. Ohne dass Ferdi neue Regie-Anweisungen geben musste, verstand sich der Darsteller auf geschicktes Timing beim Porno-Dreh und wechselte die Stellung. Die Missionarsstellung hatte nun bereits etwa acht Minuten gedauert. Genug Zeit, um Daniela richtig auf Touren zu bringen. Die Fick-Pause jedoch, die mit dem Stellungswechsel einherging, ließ ihre Erregung wieder etwas abklingen. Gerade soweit, um ihre Sehnsucht auf den nächsten Gipfelsturm zu erhöhen und ihren Ehrgeiz anzustacheln, bei diesem kräftig mitzuwirken.

Ricardo wies sie an, sich umzudrehen und auf allen Vieren in die Hündchen-Stellung zu gehen. Kaum war sie in diese gewechselt, begann er auch schon von hinten in sie einzudringen. Er fädelte sein steifes Glied zwischen ihren Pobacken nach unten in ihre Spalte ein.

Sie spürte den Eindringling nun in einem anderen Winkel in sich hineinstoßen. Sehen konnte sie nur noch das Laken der Daunen-Bettwäsche, das vor ihren Augen hin- und herschwankte. Ricardos fordernde Stöße mit seinem harten, großen Schwanz nahmen sie ganz in Beschlag. Sein mächtiger, gummierter Kolben ging in ihr nach Belieben ein und aus.

Da war er im Anmarsch, irgendwo in den unendlich weiten Bahnen ihrer Nerven und Gefühle, dort draußen – unsichtbar, aber in Reichweite: Der zweite Orgasmus. Mit einem Mal war sich Daniela sicher, dass er im Bereich des Möglichen war und sie ihn mit Hilfe des begabten Ricardo bald erlangen würde. Dies wäre eine kleine Sensation für sie, denn keiner ihrer bisherigen Geschlechtspartner hatte ihr je zwei Orgasmen verschafft. Einige hatten ihr, betrunken, faul oder schlicht unfähig, nicht einmal zu einem einzigen verholfen.

Ricardo war jetzt ganz in seinem Element. Als wäre er ein schwimmender Delfin und das Hotelbett der Ozean, jagte er zusammen mit seiner Filmpartnerin über die Wellen der Lust. Er bockte sie, die muskulösen Arme auf der Matratze abgestützt. Sein Waschbrettbauch klatschte gegen ihren Rücken, als er sich immer schwerer machte und sie schließlich tief auf das Bett drückte. Er packte mit seinen schaufelartigen, großen Händen ihre Schultern, hielt sich daran fest und verabreichte ihr eine lange Serie energiegeladener Schwanzstöße. Den Oberkörper nach unten gedrückt, wurde ihr Po nach oben geschleudert unter der Wucht seiner Darbietung.

Daniela schämte sich nicht laut und lustvoll zu stöhnen. Sie japste mit geöffnetem Mund in die Kamera, als Ferdi frontal mit dem Objektiv vor ihr stand. *Scheiß auf Blümchensex,* dachte sie. Die Gedanken jagten fieberhaft durch ihren erhitzten Kopf. *Scheiß auf Kuscheln. Jetzt wird dreckig gefickt, ohne Scham und ohne Regeln. Gut kuscheln kann jeder, der sich Mühe gibt. Gut ficken kann nicht jeder. Gut ficken ist eine Kunst für sich!*

Kaum hatte sie sich an die neue Stellung gewöhnt und sich auf den neuen Weg zum Orgasmus eingelassen, wechselte Ricardo die Position wieder. Anscheinend war er willens, auf ihr seine ganzen Spielarten des Sex zu spielen.

Er ließ von ihr ab und zog den unverändert strammen Schwanz aus ihrer feuchten Scheide. Das Kondom schmatzte dabei leise. Kräftig und zärtlich zugleich, packte er sie am Hintern und drehte sie auf die Seite, die Beine in einen Neunzig-Grad-Winkel gedreht. Er kniete sich nun über ihren rechten Oberschenkel und drang stürmisch von schräg hinten in ihre Scheide ein.

Daniela keuchte überrascht und erschrocken. So hatte noch keiner gewagt sie zu besteigen! Rasch merkte sie jedoch, dass die Stöße, die nun folgten, einen ganz besonderen Reiz hatten. Durch den ungewöhnlichen Stoßwinkel war Ricardos Schwanz nun mehr Widerstand entgegengesetzt. Seine gummierte Eichel stieß gegen die lustvoll gereizten Sehnenwände im Innern der Scheide. Sein Schwanz erforschte die Höhle von einer ganz neuen Seite, wurde verbogen und wand sich in der engen Grotte, die zunehmend glitschiger wurde.

„Aaah!" stieß Daniela hervor. Es klang weniger schmerzerfüllt als vielmehr freudvoll und aufgegeilt. „Ja! Ja!" Sie feuerte ihn an. Sein Becken klatschte gegen ihren Hintern. Der Fleischkolben war stark und zielgesteuert wie der Bohrer einer Bohrinsel, der sich durchs Wasser hindurch tief in den Grund des Meeres gräbt. Die Ernte würde reichlich ausfallen, das Öl bald kommen. Nur würde es der Bohrer selbst sein, der es ausspie! Und es würde weiß sein, nicht schwarz.

Seiner Bettpartnerin gefiel die neue Stellung zusehends. Doch für Ricardo war sie sehr anstrengend, so dass er dem Bumsgewitter bald eine neue Richtung gab. Warum sollte nur *er* sich abrackern? Schweißüberströmt und außer Atem, warf er sich auf das zerwühlte Laken. Mit einem Wink bedeutete er Daniela, sich auf ihn zu setzen.

Auf ihren Knien wankend, bewegte sie sich über seinem Unterleib. Vorsichtig ließ sie sich hinabgleiten, als sie seine Eichel an ihrer Scheide spürte. Sein harter Schwanz fuhr abermals in sie hinein, diesmal von unten kommend. Sie saß auf ihm, wartete angespannt und aufgeregt, bis sie den Riemen ganz in sich aufgenommen hatte. Nun fing sie an zu reiten. Zuerst zaghaft und wiegend, dann zunehmend selbstsicherer und stürmischer. Er nahm ihre Hände in die seinen und führte sie im Takt. Sie sank auf und ab, hoppelte auf ihm, als gälte es ein Rennen zu gewinnen. Es begann ihr zu gefallen, dass diesmal *sie* die Oberhand hatte und auf ihn hinabschaute. Als würde *sie ihn* ficken. Es war gar nicht so einfach, sich beim Bocken mit den Händen auf seiner breiten Brust abzustützen, die rutschig war vom Schweiß. Schließlich krallte sich Daniela an seinem krausen Brusthaar fest. Es schien ihm nichts auszumachen. Unbeirrt stöhnte er weiter vor sich hin, in einem leisen, dumpfen Basston. Sein Schweiß roch scharf, penetrant, betörend. Das kostspielige Männerparfüm, das er aufgelegt hatte, konnte das natürliche Körper-Aroma nicht mehr überdecken. Der Geruch forderte Danielas Geilheit heraus und regte ihren Hormon-Haushalt an. Die üppige Aura des Männer-Hormons Testosteron machte sie ganz kribbelig und befeuerte ihre Sinne.

„Mann, Ferdi, ich halte das kaum mehr aus", ächzte der Kameramann Thorsten. Er hatte die Kamera wieder auf dem Stativ befestigt und filmte ohne Unterlass. Vor seinem Schritt formte sich die Hose zu einem Zelt.

Der Regisseur Ferdi lümmelte in einem bequemen Ledersessel in der Ecke des Raumes. Äußerst angetan über die Entwicklung der Dinge, verfolgte er den Verlauf der Dreharbeiten. Er hatte es aufgegeben, Regie-Anweisungen zu geben. Es erschien ihm nicht nötig, da sein Darsteller ein ausgezeichneter Profi und seine Neuentdeckung eine ganz besondere, hochbegabte Stute waren. *Sex at its best,* wie er fand. Jede Regie-Anweisung war fehl am Platz, hieße Eulen nach Athen zu tragen. Die beiden verstanden sich als Fick-Duett ausgezeichnet und waren mit viel Spaß in ihre Arbeit vertieft. Eine weitere Einmischung hätte nur gestört.

Mit Schaudern dachte Ferdi an die strohdumme, schlechtblondierte Nuss, die er einmal für einen Dreh engagiert hatte. Buchstäblich *alles* hatte man ihr vorkauen müssen, fast sogar auch das Blasen. Ihm war damals gewesen, als hätte er eine Art Schaufenster- oder Gummipuppe vor sich, formbar zwar, aber auf eine unangenehme, idiotische Art willenlos. Da war ihm eine selbstbewusste, junge Frau wie Daniela viel lieber, die sich erst zierte und sträubte, um dann umso hungriger und gieriger dem Spiel der zügellosen Leidenschaft zu verfallen, das er da organisiert hatte.

„Dreh dich um!" sagte Ricardo gepresst. Er drehte seinen ausgestreckten Zeigefinger im Kreis herum, um seinen Worten Nachdruck zu verleihen. Daniela, fleißig auf ihm fickend, nickte. Zur Verblüffung aller vollbrachte sie das Kunststück, sich langsam auf Ricardo reitend umzudrehen, ohne mit dem Ficken aufzuhören. Sein langes, dickes Gerät war dabei natürlich von Vorteil. Ein kleinerer Kolben wäre ihr viel eher entglitten als seine fleischige Salatgurke.

Schließlich hatte er ihren hübschen runden Po vor sich, der auf- und ab wippte und gegen seinen Unterleib klatschte, immer wieder, während sein Schwengel in ihr versank. Auf ihrem Rücken hatte sie hinten ein kleines schwarzes Arschgeweih tätowiert. Wohl normal für ein Mädchen, das einigermaßen *in* sein wollte. Oder war es schon wieder aus der Mode und in diesem Fall schon ein paar Jahre alt?

Egal. Ricardo konzentrierte sich auf etwas anderes: Er spürte langsam, wie das Druckgefühl in seinen Hoden zunahm. Nicht nur, weil Daniela auf ihm ritt und ihr Körper im Rhythmus des Bockens seinen Sack beschwerte. Vielmehr war in seiner kleinen Spermien-Fabrik nicht mehr nur Akkord-Arbeit angesagt. Es war vielmehr die Hölle los! Als würden sich Legionen von hysterischen Spermien darum prügeln, welche als erste hinaus in den glorreichen Orbit geschossen werden würde.

Soweit durfte er es jetzt noch nicht kommen lassen. Sein Image und seine Leistungsbilanz als Porno-Darsteller standen auf dem Spiel, wie immer in einer solchen Situation. Er hatte den Ehrgeiz, sich diese Bilanz von keinem zu frühen Abspritzen verderben zu lassen. Er war *der* Ficker schlechthin, der Bock der Böcke. Potent wie ein Stier auf Steroiden, ausdauernd und unbeirrt wie ein Krokodil auf der Lauer.

Bevor sein Saft vollends in Wallung kam und die Gefahr drohte, dass er in den Samenkanal gepumpt wurde, wo er alsbald unkontrolliert herausschießen könnte, zog Ricardo Daniela sanft von sich herab und wälzte sich auf die Seite.

„Schnitt!" rief Ferdi und stand von seinem Sessel auf. Sofort wandte er sich an den Darsteller: „Alles in Ordnung?"

„Ja", beteuerte Ricardo und bemühte sich, seiner Stimme einen gleichmütigen Klang zu verleihen. „Ich bin nur etwas zu scharf geworden. Muss kurz verschnaufen."

Etwas enttäuscht und ungeduldig wartete Daniela auf dem Bett sitzend darauf, dass der Krieger ihres One-Day-Stands sich wieder in die Schlacht warf. Lüstern rieb sie mit ihren Fingern an der Scheide, um sie geschmeidig zu halten und die Feuchtigkeit nicht versiegen zu lassen.

Endlich hatte sich Ricardo wieder unter Kontrolle. Sein Schwengel war jetzt weniger stramm, die Steifigkeit hatte etwas abgenommen. Das Kondom warf einige Falten. Es war nicht mehr so straff über die Penishaut gespannt wie zuvor.

Ricardo schichtete zwei dicke Kopfkissen übereinander und legte sich mit dem Rücken darauf. Mit angespannten Beinen wies er Daniela an, sich auf ihn zu setzen, ihren Rücken auf seine Brust gelegt.

Sie folgte seinem Wunsch und bestieg ihn rückwärts. Als sein halbsteifer Schwanz in ihre Scheide eingeführt war, fühlte sie ihn wieder größer und härter werden. In dem gewohnten glitschig-warmen Umfeld fand er zu alter Größe zurück.

Daniela fickte drauflos, als wäre sie eine Reiterin und er ein vollblütiger

Hengst in ihrem Besitz. Sie stemmte ihre Füße auf seine breiten muskulösen Oberschenkel und besprang ihn. Er unterstützte ihre Bewegungen mit kraftvollen Beckenstößen nach oben. Behutsam hielt er ihre Taille umschlungen, um ihr festen Halt zu geben. Aber auch, um zu verhindern, dass sie von ihm abglitt und sein Schwanz auf womöglich schmerzhafte Art aus ihr herausrutschte! Ein Penisbruch kam zwar auch in seiner Branche äußerst selten vor, war jedoch nicht unmöglich. Der Penis eines Mannes ist schließlich nichts weiter als ein knorpeliger Muskel. Im schlaffen Zustand elastisch, im erigierten Zustand aber nicht allzu biegsam. „Penisbruch" geisterte in der Porno-Branche als Schreckensvision umher, ähnlich wie „Knieverletzung" bei Fußballspielern oder „Gehörsturz" bei Orchester-Dirigenten.

„Oh Gott, ich muss gleich mal ins Bad!" kreischte Thorsten. Die Kamera zitterte in seinen Händen. Aus seinem Vollbart tropfte geifernder Speichel. Er hatte die Augen weit aufgerissen, als brächte ihn das, was er da mit der Kamera filmte, fast um den Verstand.

„Untersteh´ dich!" herrschte Ferdi ihn nervös an. „Melken kannst du, wenn der Film abgedreht ist… oder wenn du ihn schneidest, du Irrer!"

Daniela hatte aus ihrer Perspektive alles gut im Blick, doch vor ihre Augen legte sich ein roter, fiebriger Schleier. Sie hatte den zweiten Orgasmus des Tages schon fest im Visier. Er würde noch grandioser und mitreißender sein als der erste, dessen war sie sich sicher. Dennoch nahm sie genau wahr, wie der Kameramann wenige Meter vor ihr stand und filmte, was das Zeug hielt. Sie sah auch die Ausbuchtung in seiner Hose. Zum Glück hatte der Kerl eine Arbeit zu tun und war unter Aufsicht. Dem bärtigen Sausack wäre sonst alles zuzutrauen gewesen. Auch, dass er sich mit einem lauten Brunstschrei auf sie stürzen würde, um sie zu begatten, ohne Rücksicht auf irgendwen und irgendwas!

Ferdi wies Thorsten an, die beiden nun direkt von vorne zu filmen. Er hatte ein Detail bemerkt, das ihm optisch sehr reizvoll erschien. Hin und wieder rutschte Ricardos Schwanz aus Danielas Scheide und ruckelte vor ihr hin und her, während sie auf ihm hockte. Das sah in dem Moment so aus, als wäre es *ihr* Schwanz, der da groß und steil nach oben ragte. *Unglaublich geil*, dachte Ferdi entzückt. *Diese Sauerei muss auf Speicherkarte gebannt werden!*

„Wie viele Minuten haben wir?" fragte Ferdi und wartete interessiert darauf, dass sich das Schwanz-Herausrutschen wiederholen würde. Thorsten blickte angestrengt auf den Bildschirm der Kamera und keuchte: „Insgesamt zweiunddreißig, Chef!"

„Gut." Ferdi lauerte ungeduldig und fixierte die tanzenden Geschlechtsteile der beiden Darsteller. „Wie lange kannst du noch?" fragte er Ricardo.

„Langsam geht mir die Puste aus", gestand dieser angestrengt. Daniela federte auf und ab, die Beine stark angewinkelt, die Füße auf seine Schenkel gesetzt. Ihr schweißnasser Rücken rotierte vor Ricardos brennenden Augen. Schweißtropfen liefen ihm übers Gesicht. Einer davon traf auf seine Netzhaut und erzeugte ein harmloses Brennen.

Es war soweit. Der Schwanz rutschte wieder aus der Scheide. Er stand da, in seiner ganzen imposanten Größe, während die junge Frau hinter ihm auf- und ab wippte. Er rieb an ihrer Klitoris und ihren Schamlippen. Sie fand das sichtlich angenehm und stöhnte leise und langgezogen.

„Film das!" zischte Ferdi Thorsten zu und wandte sich an das fickende Pärchen: „Bleibt so! Weiter im Takt!"

Daniela ritt weiter auf Ricardo. Der Schwanz prangte vor ihr. Besonders in den Momenten, in denen ihr Unterleib auf den seinen prallte, entstand der Eindruck, als gehöre der Penis zu ihrem Körper.

Ferdi war wie vor den Kopf gestoßen und starrte auf das hitzige Schauspiel. Zeitgleich zur Filmaufnahme schoss die Kamera immer wieder auch Fotos von der Aktion. Vom Schönsten dieser Fotos würde er sich später einen erstklassigen Druck herstellen lassen: Daniela frontal, auf Ricardo reitend; von ihm nur die Beine sichtbar; sie hinter dem steifen Schwanz sitzend; der enorme Kolben aufgereckt und prall, so im Bild zu sehen, als sei es ihrer.

Ferdi spürte etwas Hartes in seiner Hose. Mochte es die lahme Pökelwurst sein, die sich bei ihm nur noch selten ein lustloses Stelldichein gab, um alsbald wieder in sich zusammenzuschrumpfen? Nein, soweit durfte er es nicht kommen lassen! Er war Profi. Bei der Arbeit geil zu werden, erschreckte ihn und schien unangemessen. Es passierte ihm auch so gut wie nie. Außer wenn es ihm eine Szene so dermaßen angetan hatte wie diese hier.

„Ihr könnt langsam zum Schluss kommen!" gab er den erlösenden Schießbefehl. Der Kameramann grunzte erleichtert. Der Zeitpunkt war nicht mehr fern, wo er sich an ein stilles Örtchen verziehen würde, um sich gründlich und jaulend zu entsaften. Noch einmal konzentrierte er sich völlig und kontrollierte die Einstellung der Kamera und der Scheinwerfer. Der *Cumshot* war wichtig. Das Abspritzen des männlichen Darstellers war wie ein Segensspruch: Die Sexpartnerin wurde mit dem eiweißreichen Eiersaft geweiht, das eroberte Revier markiert.

Wie einen D-Zug fühlte Daniela den Orgasmus auf sich zurasen. Er begrub sie unter sich. Sie schrie und bäumte sich auf, begattet von den hämmernden Stößen Ricardos, die sie von unten trafen. Da sie im tosenden Rausch der Sinne nicht mehr fähig war, ihre Bocksprünge fortzuführen, hatte er wieder diese Aufgabe übernommen. Noch während sie ihrem Orgasmus mit freudvollem Stöhnen und Wimmern Ausdruck verlieh, schickte er dienstbeflissen Bockstöße zu ihr nach oben, um ihren Höhepunkt zu unterfüttern.

Vollends erschöpft und befriedigt, wollte sie schließlich von ihm herabgleiten. Ricardo aber hielt sie in seinen starken Armen fest umschlungen. Jetzt war er an der Reihe und würde seine Kanone abfeuern! Kaum hatte er seine Munition für den Abschuss entsichert, spürte er die heiße Ladung in den Schaft seines Kolbens fließen.

„Ich komme", stöhnte er mit verzerrtem Gesicht in einem Tonfall von Erkenntnis und Verwunderung. Als ob er ein verwundeter Soldat in einem Kriegsfilm wäre, der in den Armen eines Kameraden haucht: *Ich sterbe*. Mit einem Ruck zog er sich das Kondom vom Schwanz. Es schnalzte laut. Achtlos warf er es in hohem Bogen vom Bett. Spermatropfen flogen durch die Luft. Instinktiv ging Kameramann Thorsten in Deckung.

Ricardo kam!

Aus seinem hartem Schwanz schoss eine enorme Salve Sperma und traf auf Danielas Bauch. Sofort lief die erhitzte, zähflüssige Suppe in dünnen Schlieren nach unten und tropfte aufs Laken. Ächzend legte der Darsteller noch ein paar Mal nach. Danielas Bauch sah sogleich aus, als hätte man ein Fläschchen geronnene Milch darauf ausgekippt.

Müde wälzte sie sich aufs Bett und streckte sich aus. Sie reckte alle Viere von sich, konnte beim besten Willen nicht mehr, war fix und fertig. Obwohl jung, sportlich und beanspruchbar, hatte ihr der Ritt mit dem erfahrenen Mann alles abverlangt, was sie zu geben und leisten imstande war.

Stolz wie ein Hahn und sich genauso aufplusternd, präsentierte sich Ricardo vor der Kamera. Er saß auf dem Bett und wischte sein sperma-nasses Gehänge an der Bettdecke ab.

„Wie war ich?" fragte er ins Objektiv.

„Spitzenmäßig", antwortete Ferdi anstelle der Kamera und grinste wohlwollend. „So gut, dass du dich schon bald auf den nächsten Dreh gefasst machen kannst."

Kapitel 4:

DIE ERLEICHTERUNG

„Ist doch alles ganz easy jetzt", meinte Ferdi fröhlich zu Daniela. „Du bist erleichtert, dass du die Erfahrung mit deinem ersten Porno-Dreh jetzt hinter dir und die schöne Arbeit getan hast. Du hast mich zudem um fünftausend Piepen erleichtert." Er grinste breit. „Ich bin erleichtert, weil die Produktion im Kasten ist. Ricardo ist um, sagen wir mal, einen achtel Liter Sacksuppe erleichtert worden. Und Thorsten ist erleichtert, dass er bald Feierabend hat, sobald die Kamera weggepackt und die Speicherkarte gesichert ist, und er sich einen von der Palme wedeln...äh, ein Bier trinken kann." Ricardo lachte. Thorsten stimmte brummend mit ein.

„So macht ein Dreh Spaß", tat Ricardo kund. „Alle sind happy und der Film ist gut geworden."

„Sag mal, so ganz spontan", sagte Ferdi und sah Daniela ernst in die Augen. „Ist das was für dich? Der Job, meine ich? Wenn man die geile Aktion, die heute Nachmittag zwischen euch abgelaufen ist, überhaupt *Job* nennen kann..."

„Es *war* ein Job", bestätigte Daniela bestimmt. „Und zwar ein anstrengender... Aber kein schlechter!" fügte sie hinzu.

Sie sah umwerfend aus. Obwohl man ihr die Anstrengungen des Drehs noch ansah – oder gerade deshalb? – wirkte sie schön und anmutig. Wie ein attraktives junges Model bei einer Vernissage. Nur etwas leichter bekleidet, nämlich ausschließlich mit einem weißen Hotel-Bademantel. Soeben hatte sie ausgiebig geduscht. Ohne sich danach die Haare zu föhnen, wie es ihre Gewohnheit war. Jetzt fielen ihr die nassen Strähnen ins Gesicht. *Supersüßes Mädel*, dachte Ferdi fasziniert.

Thorsten war dabei, die technische Ausrüstung zusammenzupacken. Einer plötzlichen Eingebung folgend, packte Ferdi ihn am Arm. „Warte mal", sagte er. Nachdenklich blickte er Daniela an.

Sie erwiderte den Blick und nahm einen Schluck von dem Schampus. Sie hatten eine zweite Flasche kommen lassen. Ein neugieriger junger Kellner hatte sie gebracht und dabei versucht, einen Blick in die Suite zu erhaschen. Wussten die Angestellten im Hotel von dem Porno-Dreh? Ließ sich so etwas überhaupt verheimlichen? Und waren die Wände der Suite wirklich schalldicht? Oder hatten gar andere Gäste ihrem wüsten Treiben gelauscht?

Daniela interessierte das herzlich wenig. Nach dem Duschen hatte sie nochmal kurz ihre Handtasche gecheckt. Das Geld war immer noch da. Fünftausend verlockende Eier. Die Sache war tatsächlich ein ehrliches, faires Geschäft.

Ferdi ließ seinen Blick weiter auf ihr ruhen. Er taxierte sie abschätzend, aber wohlgesonnen. Sie zog die Augenbrauen hoch und konzentrierte sich dann auf den Inhalt des Champagnerkelches, den sie sogleich leerte.

Ferdi platzte heraus: „Sag mal, Dani-Bunny... Hast du nicht eine beste Freundin? Und wenn ja, sieht die so gut aus wie du?"

Daniela stockte der Atem. Beunruhigend war, dass sie sich sofort dabei ertappte, an ihr Handy zu denken, das in der Handtasche lag. Die Macht des Geldes, das sie erhalten und das sie in seinen Bann gezogen hatte. Oder auch die Macht der Geilheit und Vergnügungssucht?

„Meine Freundin Silke, ja", antwortete sie, vorsichtig bemüht, nichts Voreiliges oder Verkehrtes zu sagen. „Morgen treffe ich mich mit ihr."

„Zum Shoppen?" forschte Ferdi.

„Zum Shoppen", bestätigte Daniela.

„Wie alt ist Silke?"

„Achtzehn."

„Wie wäre es, wenn wir uns morgen alle zusammen mit ihr treffen? Hier, in dieser Suite? Dann gibt es noch einen Drehtermin, diesmal mit zwei bezaubernden jungen Frauen. Vielleicht mit noch mehr Action und etwas... ausgefalleneren Spielarten." Er schwieg geheimnisvoll und fuhr fort, als er Danielas unschlüssigen Gesichtsausdruck las: „Wenn es gut läuft, soll man es laufen lassen. Dani, das ist deine Chance! Wirst du sie nutzen?" Er sprach wie ein Radiomoderator am Montagmorgen, gutgelaunt und motivierend. „Ruf sie an. Ruf Silke an! Treff dich noch heute mit ihr. Erzähle ihr, wie du mit Ricardo gefickt hast und dass es völlig okay ist zu ficken. Auch vor der Kamera und für Geld. Nein, *vor allem* vor der Kamera und für Geld! Sag ihr, dass sie morgen für ein paar Stunden Drehen dreitausend Piepen bekommt. Viertausend, wenn sie richtig gut ist und auch etwas... tabulos."

Daniela überlegte kurz. Dann nahm sie ihre Handtasche und kramte ihr Handy hervor. Sie wählte die Nummer ihrer Freundin.

FICKEN HEUTE!

von *Rhino Valentino*

#2
Daniela und die Sex-Karriere

Kapitel 5:

KARIBIK PORNO FLAIR

„Morgen geht´s ums Ganze!" stellte Ferdi fest. Er stand an der Strandbar und ließ sein Cocktailglas klingeln. Die Eiswürfel darin sangen das Lied vom leichten Schwips. „Um das Herzstück des Films. Den Hauptteil."

Daniela nickte. Sie nippte an ihrem Glas, das noch zur Hälfte voll war mit einer orangeroten Flüssigkeit. Die dicke Scheibe einer Mango-Frucht war auf den Rand des Glases gesteckt. Ihre Freundin saß neben ihr auf dem Barhocker. Ihr Drink war grün und fast leergetrunken. An ihrem Glas steckte die Scheibe einer Kiwi. Silke machte einen in sich gekehrten, eingeschüchterten Eindruck. Neben ihr wirkte Daniela wie ein hübscher, schlanker, aber harter Fels in der Brandung.

Es war zwanzig Uhr. Die Temperatur lag bei angenehmen fünfundzwanzig Grad. Eine leichte Brise wehte vom Meer her und sorgte für Erfrischung. Wie ein gigantisches, löcheriges, dunkelblaues Dach stand der Sternenhimmel über ihnen. Der Halbmond erleuchtete den Strand matt und wurde dabei unterstützt von zahlreichen bunten Neonlampen und Lampions. Aus den Lautsprechern kroch träge, aber seltsam beschwingte Reggae-Musik. Sie legte sich wie ein betörender Schleier um die Gäste der Strandbar. Angenehm leise, jedoch unüberhörbar und allgegenwärtig.

„Noch einen Drink!" rief Ferdi dem Barkeeper zu und zeigte auf Silke. Der Barmann nickte. Er war ein Rasta, einer der gepflegten Sorte. Dunkel, muskulös, das schwarze Haar zu langen Dreadlocks verklebt und hinten zusammengebunden. Mit geübter Routine mixte er einen neuen Drink für die attraktive blonde Silke, die sich augenscheinlich momentan nicht besonders wohl fühlte. Als er ihr den Cocktail hinstellte und sie ihn kurz ansah, zwinkerte er ihr verschmitzt und aufmunternd zu. Sie errötete kurz und führte dann rasch das Glas an ihre Lippen. Der Rasta sah ausgesprochen gut aus. Er trug glänzenden hellen Holzschmuck auf der dunkelbraunen Haut. Sein breiter Brustkorb war umspannt von einem engen rosafarbenen Hemd, auf dem weiße Blumen tanzten. Er hatte eine sehr maskuline Ausstrahlung. Silke fand das anziehend. Doch war sie zu angespannt und nachdenklich, um die Gegenwart des Model-Barmanns genießen zu können.

Ferdi schlenderte zu einem Tisch mit mehreren Schwarzen. Sie hatten sich um ein iPad gruppiert und widmeten sich einer Website oder einer App. Sportergebnisse irgendeiner Art, wie Ferdi mit einem raschen Blick feststellte. Er sprach sie auf Englisch an. Es ging um den morgigen Dreh. Einer der Schwarzen war der Wortführer und sprach gutes Englisch. Vielleicht war er auch nur derjenige der Gruppe, den die Geschehnisse auf dem iPad am wenigsten interessierten und der sich die Zeit für einen Gedankenaustausch nehmen wollte. Jedenfalls fand Ferdi in ihm einen vernünftigen Gesprächspartner, mit dem sich der Ablauf der Dreharbeiten besprechen ließ. Ob den vereinbarten Plänen dann auch zuverlässige Taten folgen würden, blieb zu hoffen und würde sich bald zeigen.

Als Ferdi außer Hörweite war, knuffte Daniela ihre blonde Freundin in die Seite. „Das wird schon morgen!" versprach sie. „Es wird bestimmt anstrengend. Aber denk mal dran, wo wir jetzt sind, anstatt uns im Büro zu langweilen. Denk auch an die bunten Scheine!"

Silke nickte stumm. Karibik war toll, Jamaika war klasse. Jedenfalls die Bilder und das Image, das man vor Augen hatte, wenn man davon hörte oder las. Aber jetzt, vor Ort, wollte sich bei ihr weder Urlaubsstimmung noch heitere Entspannung einstellen. Nicht bei der Aussicht auf die morgige Fick-Arbeit. Denn harte Arbeit würde es sein, zweifellos. Sie hatte das Drehbuch gelesen. Es hatte sich ihr dabei fast der Magen umgedreht. Derlei hatte sie noch nie gemacht, bei weitem nicht. Was morgen auf dem Plan stand, würde so himmelweit weg sein von Blümchensex wie der Mond vom Schwarzen Loch des Weltalls. Keine einfache, biedere Missionarsstellung mit einem einzigen Geschlechtspartner würde ihr Kätzchen mitmachen, sondern weit Krasseres. Oder würde es womöglich mehr Spaß machen als sie sich momentan vorstellen konnte? Kam sexuelle Freude erst dann auf, wenn sie über ihren Schatten gesprungen war und das unaussprechlich Perverse austestete? Wie der Appetit, der erst beim Essen kam?

Wie hatte es nur in so kurzer Zeit so weit kommen können! Was mit einem Anruf Danielas begonnen hatte, war rasch entartet zu einer Situation, nein, einer Kette von Situationen, von welchen sie bisher noch nicht mal zu träumen gewagt hatte. Sie war aus ihrer kleinen, überschaubaren und bürgerlichen Existenz herausgerissen worden in ein neues Leben, das sich nun in seinen ersten spektakulären Umrissen vor ihr auftat.

Zwei Porno-Drehs hatte sie mitgemacht seit dem denkwürdigen Anruf Danielas vor zwei Wochen. Den ersten im Hotel, schnell und kurzentschlossen, nachdem Ferdi ihr das Geld im Voraus zugesteckt hatte. Der Umstand, dass Dani für sich bereits vollendete Tatsachen geschaffen hatte und den Weg vorausgegangen war, hatte Silke dazu ermutigt und angespornt ihr nachzueifern. Von sich aus hätte sie niemals den Mut gehabt, auf den verheißungsvollen *Porno Highway* abzubiegen. Der zweite Dreh hatte wenige Tage später in einem Penthouse in der Innenstadt stattgefunden. Die Aufwärm-Runde, sozusagen.

Dann war rasch das Angebot zu dem Karibik-Dreh gekommen. War das etwa schon die Königs-Disziplin? So schnell? „Gratis-Urlaub", hatte es zunächst großzügig geheißen. „All inclusive, volle Spesen von A bis Z". Dazu „eine schöne Filmgage". Spendiert von der Produktionsfirma, die Ferdi gehörte.

So toll war das aber alles nicht. Der Schatten der Arbeitspflicht verdunkelte Silkes Karibikstimmung. Dani schien die Sache mit den Pornos überhaupt nichts auszumachen. Im Gegenteil, anscheinend genoss sie das neue leichte Leben, in dem vor allem ihr rasiertes Kätzchen zu arbeiten hatte.

Als hätte sie die Gedanken ihrer Freundin erraten, fuhr Daniela damit fort sie aufzumuntern.

„Deine Entscheidung hierbei mitzumachen war okay!" sagte sie bestimmt. „Mach dir keinen Kopf!"

Silke antwortete nicht, fühlte jedoch, dass Daniela Recht hatte. Sie waren beide volljährige, moderne Frauen und konnten sich solche Dinge herausnehmen, vor allem da sie ohnehin ungebunden waren. Beim Gedanken an ihren Ex-Freund beschlich Silke sogar eine grimmige Genugtuung. Früher oder später würde der Kerl voller Missbilligung oder gar Entsetzen erkennen müssen, zu welchen kleinen sexuellen Schandtaten sie fähig war! Sie würde sich durchbürsten lassen von verschiedenen langschwänzigen Profi-Rammlern und sich dessen nicht nur nicht schämen, sondern sogar stolz darauf sein und selbstbewusst damit kokettieren.

„Wir haben gefickt", sagte Daniela mit frecher Belustigung. „Vor der Kamera, fürs Publikum, zur Unterhaltung! Sollen sie es alle sehen: die Familie, die Freunde, die Ex-Lehrer und die Kollegen. Wir haben gefickt, und wir werden weiter ficken! Bis uns der Spaß zu den Ohren rauskommt. Was soll's, sollen sie aus uns machen was sie wollen. Wer uns deswegen ablehnt, hat ohnehin noch nie aufrichtig zu uns gestanden und kann uns am Arsch lecken."

Silke musste kichern und sah Daniela an mit einem Blick, der Bewunderung und Verschwörung zugleich ausdrückte. Daniela hatte die Bejahung der Wertigkeit ihres neuen Jobs in einem Ton ausgedrückt, als würde sie ein politisches Statement oder eine wichtige kulturelle Botschaft verkünden. Eines musste man ihr lassen: Wenn sie sich zu etwas entschlossen hatte, so ging sie voran, ohne zu zögern. Tatkräftig, zielstrebig und unbeirrt wie ein Elefant, der sich seinen Pfad durch den Dschungel bahnt. Trotz ihrer schlanken, zarten, femininen Statur war Daniela eine ausgesprochene Powerfrau, die sich und andere mit Begeisterung vorantreiben konnte. Nach der Langeweile in ihrem Bürojob witterte sie Morgenluft.

Die beiden jungen Frauen stießen mit ihren Gläsern an und begossen ihren Porno-Pakt. Der Barkeeper grinste und freute sich, dass die Blonde jetzt munterer wirkte als zuvor. Vergnügt tänzelte er zur Reggae-Musik hinter der Theke herum, machte spielerisch nebenher den Abwasch, zerschnitt Früchte und hantierte mit den Cocktails.

Der Abend ging langsam in die Nacht über. Eine jamaikanische warme Dunkelheit, erfüllt von unzähligen bunten Lichtern und einem sanften Stimmengewirr aus Meeresrauschen, schreienden Vögeln, zirpenden Grillen und feiernden Partygästen. Schon aber lauerte der gleißende helle Morgen in den Startlöchern. Kaum würde die Erde die Sonne umrundet haben und die ersten Strahlen wieder nach Jamaika schicken, so begänne die anstrengende Feuertaufe der beiden frischgebackenen Porno-Darstellerinnen.

Kapitel 6:

ELF HALBE METER

Mit Fußball kannte sich Daniela nicht aus. Doch mochte sie die körperlichen Vorzüge männlicher Fußballspieler und ihre ausgeprägte, zur Schau gestellte Fitness. Was sie deshalb am morgendlichen Filmset sah, nachdem sie das Rendezvous mit dem leckeren Frühstücksbuffet beendet hatte, ließ ihr Herz aufgeregt schneller schlagen.

Kakadu war ein kräftig gebauter Schwarzer mit eisenhartem Waschbrettbauch, breiten Schultern und Händen wie Schaufeln. Er war kaum zwanzig Jahre alt und trug seine stattlichen Haare nicht zu den hier üblichen Rasta-Zöpfen gebunden, sondern mit Gel oder Ähnlichen hochgesteckt zu etwas, das aussah wie ein Hahnenkamm. Oder eben die Federhaube eines Kakadu-Papageis. Er schien ein sehr lebhafter, mitteilungsbedürftiger Typ zu sein und erinnerte auch deshalb etwas an einen Papagei. Woraus er allerdings keinen Hehl machte und was ihn sehr deutlich von jedem Vogel unterschied, war sein stattliches Gehänge, das sich unter der kurzgeschnittenen Hose wölbte und ringelte wie eine dicke Bratwurst, die man in ein zu kleines Brötchen gesteckt hat.

„Ich ficke euch mit meinem Schwanz!" verkündete er stolz, als er Daniela und Silke an diesem Morgen erblickte.

„Guten Morgen erst mal", entgegnete Daniela auf Englisch. „Ich bin Daniela. Das ist meine Freundin Silke."

Kakadu schüttelte ihnen die Hände. Er kraulte dabei anzüglich mit den Fingern ihre Handflächen. „Ich ficke euch", versprach er mit tumber Geilheit. „Oh, wie ich euch ficken werde!" Mit der Brille, die er trug, versuchte er sich womöglich ein intellektuelles Aussehen zu verleihen. Mit jeder Gestik und jedem Wort aber zeigte er, aus welchem Holz er geschnitzt war.

Seine Knie waren bemerkenswert: Breit, sehr kräftig und muskeldurchsetzt. Wuchtig, als könne er allein damit dicke Teakholztüren eintreten. Echte Fußballerknie.

Kakadu trug auch Fußballkleidung. Das gehörte zum Drehbuch. Grüne

Shorts, gelbes Shirt und schwarze Strümpfe. Die Farben Jamaikas.

Der Ort, an dem sie sich hier befanden, war ein kleiner, einigermaßen uneinsichtiger Strand. An einigen Stellen wuchs vereinzelt Seegras. Vor ihnen lag das Meer, das selbst jetzt in der frühen Morgensonne in gleißendem Blau strahlte und glitzerte. Hinter ihnen erstreckte sich ein dichtbewachsener Mangrovenwald, der hier und da durchsetzt war mit graubraunen Felsformationen. Dahinter lag die Zivilisation einiger Siedlungen und der nahen Stadt Morant Bay. Unzählige Möwen kreisten über der Stadt. Einige davon verirrten sich auch an den kleinen Strandabschnitt in der Hoffnung auf Futter. Am Horizont schimmerte die Bergkette der Blue Mountains.

Zwei behelfsmäßige Fußballtore waren im Sand aufgebaut. Ob dies extra für den Porno-Dreh geschehen war oder ob die Tore hier vorher schon gestanden hatten, wussten Daniela und Silke nicht. Es war ihnen auch egal.

Kakadu rieb an seiner Männerwurst, die noch in der engen Pelle der Fußballshorts steckte, und wurde nicht müde, sich und sein Gehänge laut anzupreisen. Aufdringlich, als wäre er ein Marktweib, das die Qualität seiner Gurken beschwört, erzählte er von seiner immensen Ausdauer, seiner „Fuck Energy", seiner Feinfühligkeit und der Kraft seiner „Zauber-Zunge", die mit schwarzer Magie ausgestattet sei und jede Frau in Minuten zum Gipfel der sexuellen Lust treiben würde. Er machte den Eindruck einer professionellen männlichen Strandhure, eines kundigen Beach Boys, wie es sie hier zu Hunderten und Tausenden gab, um zahlungswillige Touristinnen und Touristen zu beglücken.

„Mein schöner Schwanz fickt alle glücklich!" prahlte Kakadu vergnügt. Er lief herum wie ein Pfau auf einem Laufsteg. „Er kennt alle Arten von Löchern! Die roten, die blutigen, die rosafarbenen, die braunen, die engen! Die Schlitze, die lahmgefickt und so weit sind wie Briefkästen! Mein Schwanz wird hart wie Eisen, wenn das Geld fließt! Gebt mir ein Loch, und ich ficke, wenn es geschmiert ist mit frischem Geld, das herrlich duftet wie Blumen!"

Der Kameramann Thorsten fummelte an einem Stativ herum und ließ genervt seine Augäpfel kreisen angesichts dieser dreisten Zurschaustellung sexueller Potenz und Selbstzufriedenheit. Wieder baumelte ein Halbmast in seiner Hose und hatte schon begonnen, die Unterwäsche zu befeuchten. Denn er taxierte immer wieder Silke und vor allem die bildhübsche Daniela. Sie hatten beide knappe Bikinis an. Beim Frühstück waren sie noch in grünen, flauschigen Bademänteln zu sehen gewesen. Voller bibbernder Vorfreude wünschte Thorsten sich die quälenden Momente herbei, wenn die Kamera laufen würde und die beiden Frauen in Aktion träten. Quälend deshalb, weil er dann trotz der aufgeilenden Situation Haltung bewahren würde. Anstatt sich stöhnend abzumelken oder gar aktiv ins Geschehen einzugreifen, würde er seine Pflicht tun und einen technisch nahezu perfekten Kameradreh abliefern. Erst nach getaner Arbeit durfte er sich spätabends den Rohschnitt des Films ansehen und sich einen darauf hobeln. „Die Entjungferung des Films" nannte er das im Geheimen immer. Er war jeweils der erste, der sich einen runterholte auf den im Entstehen begriffenen Pornofilm.

Andererseits war Jamaika auch bekannt für seine freizügigen Bewohnerinnen. Konnte es seine daheimgebliebene Frau ihm verdenken, wenn er den üppigen weichen Rundungen einer einheimischen Hure erliegen würde? Immerhin würde er dann wieder eine neue Phantasie-Konserve haben, an die er sich halten konnte bei den künftigen Ehe-Ficks. Insgeheim natürlich träumte er davon, wie er Daniela vernaschte. Diese brünette Super-Sexbiene, die er bisher schon dreimal beim Vögeln gefilmt hatte und soeben im Begriff war, es ein viertes Mal zu tun.

Der Tag würde heiß werden. Sehr heiß. Noch war es nicht mal neun Uhr morgens, und die Sonne brannte schon unbarmherzig vom wolkenlosen Himmel herab.

„Lass uns gut was schaffen", raunte Ferdi Thorsten zu. „Mittags dann eine kleine Pause. Nachmittags den Rest, am Abend die Schlussszenen, wie besprochen. Heute Nacht will ich den Film im Kasten haben!"

Thorsten nickte. Er war schon jetzt schweißdurchnässt. Obwohl er nur ein luftiges weißes Netz-Hemd trug und dick Deo aufgetragen hatte, umwehte ihn ein saures Achselhöhlen-Aroma. Er bewunderte die Leistung der Darsteller, für die dieser Dreh bei diesen Temperaturen Hochleistungssport sein würde. Obwohl die einheimischen Männer an das Wetter gewöhnt waren, würde ihnen der Film alles abverlangen. In der glühenden Sonne auf dem heißen Sand zu ficken oder im knietiefen, aufgewärmten Wasser, welches die Sonnenstrahlen wie ein Spiegel reflektierte, war äußerst anstrengend. Dazu noch der Druck, die ausdauernde Standhaftigkeit des Gliedes beibehalten zu müssen! Bei diesen Gedanken war Thorsten froh, sich still hinter seiner Kamera verschanzen zu können, sonnengeschützt von dunkler Brille und Baseballkappe.

Inzwischen traf der Rest der Fußballmannschaft ein. Keine echten Sportler vermutlich, aber durchweg gut gebaut und kräftig. Keiner von ihnen war älter als sechsundzwanzig Jahre, die Jüngsten knapp über achtzehn. Ein Teil von ihnen war schon gestern Abend an der Strandbar dabei gewesen. Als sie so versammelt waren, elf an der Zahl, beschlich Thorsten ein etwas mulmiges Gefühl. Jamaika war nicht gerade bekannt für seine niedrige Kriminalitätsrate und die Jungs hier waren alles andere als Waisenknaben. Neben Ferdi als einzigem männlichen Weißen außer ihm selbst war da nur noch ihr Fahrer, ein Jamaikaner mittleren Alters namens Alan. Er diente ihnen zugleich als Handlanger bei der Produktion und als Bodyguard. Wenn die elf Jungs auf die Idee kommen sollten, sie auszurauben und ihnen die Kameraausrüstung zu klauen, so würden sie dem wenig entgegenzusetzen haben. Allerdings kannte Alan sich hier aus, war vertrauenswürdig und ein Angestellter des Hotels, in dem sie wohnten. Er kannte ein paar der Strandjungs persönlich und vermittelte diese wohl hin und wieder an weibliche und männliche Touristen.

Wichtig war, dass sich die beiden Frauen auf keinen Fall unsicher fühlen durften. Ferdi und Thorsten hatten als männliche Bollwerke zu funktionieren. Keinesfalls durften Angstgefühle die Stimmung und Leistung Danielas und Silkes beeinträchtigen.

Ohnehin war diese Produktion zwar nicht allzu teuer. Die Location und die Herangehensweise waren aber auf jeden Fall ungewöhnlich und exotisch, etwas Besonderes. Der Streifen versprach aufregend und originell zu werden. Mal etwas anderes als die x-te Studio-Produktion, wo der Klempner an der Tür schellt und die vernachlässigte Hausfrau anschließend vernascht. Thorsten wusste, dass er sich an diese sonnige „Geschäftsreise" sein Leben lang erinnern würde.

Die männlichen Strandhuren, die fast allesamt wie echte Rastafaris aussahen, hatten sich jetzt um Kakadu geschart. Einer spielte auf seiner Mundharmonika, während Kakadu auf Englisch ein ordinäres, simples Lied sang. Seine Stimme war erstaunlich gefühlvoll und melodiös. Er tanzte wild herum und ließ seine hochgesteckten Haare kreisen. Die Brille drohte ihm bei seinem Auftritt fast von der Nase zu rutschen.

Ferdi überlegte kurz, ob er dem Treiben Einhalt gebieten sollte. Dann entschied er sich dafür, die Kerle machen zu lassen. Gute Laune war zur Auflockerung immer gut. Auch zur Erheiterung der beiden Girls, die die ungewohnte Darbietung sichtlich amüsierte. Da Thorsten und Alan noch mit der Vorbereitung der Technik beschäftigt waren, gab es noch keinen Anlass, Kakadus Gesangseinlage zu unterbrechen.

Was er sang, klang aus dem Englischen übersetzt etwa so:

„Ich ficke um mein Leben
Ich fick den ganzen Tag!
Tourist-Frau soll mir geben
Alles was ich mag!

Ich bock sie wie ein Stier
Im Wasser wie ein Schwein
Egal ob dort, ob hier:
Ich steck ihn bei ihr rein!

Und glaubt sie an die Treue
Dann lach ich laut und sehr
Schwör Liebe ihr aufs Neue
Tourist-Frau gibt noch mehr!

Was Weißer Mann nicht kann
Weil er zu viel denkt
Das kann vom Strand ein Mann
Dem Frau etwas schenkt

Mit Schwarz-Magie ich ficke
In diesem schönen Land
Und ist die Frau auch Zicke
Sie frisst mir aus der Hand!

Tourist-Frau willst du Fuck?
Dann lutsch an dieser Wurst!
Und melke ruhig den Sack
Wenn du haben Durst!

Doch wenn du nichts mehr geben
Dann werde ich gehen und lachen

Hab in diesem Leben

Noch viele Ficks zu machen!"

Natürlich regte sich in Daniela und Silke ein weiblicher innerer Widerstand gegen das unverschämte Lied, dessen Sinn sie dank guter Englischkenntnisse verstehen konnten. Doch galt es Nachsicht zu üben angesichts einer fremden, eigenartigen Kultur, in der die Männer sich noch mehr Rechte herausnahmen als dies in westlichen Ländern üblich war.

Schließlich war die Kamera bereit und die Darsteller wurden höflich angewiesen, mit dem albernen Theater aufzuhören, etwas Disziplin zu wahren und sich bereit zu machen für die Produktion. Ferdi sagte noch ein paar Sätze zum Ablauf des Ganzen und gab inhaltlich nochmal den kommenden Handlungsstrang des Drehbuches wider. Dann klatschte er in die Hände.

„Film ab!" rief er. Thorsten drückte auf *Aufnahme*. Die Kamera begann die Pixel in sich hineinzufressen.

Daniela und Silke lagen auf Matten aus geflochtenem Schilf. Sie räkelten sich wie erholungsbedürftige Urlauberinnen in der Sonne und hatten einen Dialog zu sprechen. Alan hielt das Mikro, welches an einer langen Stange befestigt war, über die beiden. So konnte es die Stimmen gut aufnehmen, war aber nicht auf dem Kamerabild zu sehen. Er hatte Erfahrung im Hobbyfilmen mit Touristen und machte seine Arbeit gut.

„Es ist furchtbar heiß", sagte Silke etwas ratlos.

„Ja", antwortete Daniela einsilbig.

„Selbst mit Bikini ist es zu heiß", fuhr Silke fort.

„Das ist es", gab Daniela zu.

„Wollen wir uns nicht ausziehen und es mal ohne probieren?"

„Und wenn uns jemand sieht?"

„Da kommt schon keiner! Wir sind ganz allein am Strand." Im Hintergrund kicherten zwei oder drei der Beach Boys.

„Es ist furchtbar schamlos und unzüchtig!" mahnte Daniela Silke. „Vergiss nicht, dass wir Klosterschülerinnen sind und diesen Urlaub bei einem Preisausschreiben gewonnen haben. Wir dürfen uns nicht nackt zeigen! Schlimm genug, dass wie unsere Ordenskleidung nicht tragen, sondern nur diese Bikinis."

„Es sieht uns keiner", beteuerte Silke. Sie hatte schon begonnen, sich das

Bikini-Oberteil auszuziehen. Als sie den Stoff ganz von den Brüsten zog und achtlos wegwarf, erzitterten diese angesichts der unverhofften Freiheit. Sie wippten leicht hin und her. Silke hatte Körbchengröße C. Ihre Busen waren fleischig, rund, weich und etwas zu bleich. Das würde sich unter der Sonne Jamaikas rasch ändern.

„Ich kann nicht glauben, dass du das tust!" sagte Daniela affektiert. „Es ist eine Sünde. Wenn uns die Schwester Oberin so sähe!"

„Runter mit dem Fummel!" Silke nestelte bereits an ihrem Bikini-Höschen. Ihre Stimme klang schwankend, unsicher kieksend, als könne sie ein Lachen kaum mehr zurückhalten.

„Okay", antwortete Daniela, viel zu schnell einwilligend und damit für den Film etwas unglaubwürdig. Ferdi rief nicht „Cut!" und ließ sie gewähren.

Daniela streifte ihrerseits den Bikini ab. Ihre Brüste nickten sogleich dankbar in der warmen Morgenbrise und begrüßten ihre Entscheidung, sich von dem Ballast getrennt zu haben.

Von Seiten der Strandjungs ertönte jetzt leises Zungenschnalzen und ein heller Pfiff. Offenbar konnten sie es kaum erwarten, als männliche Darsteller auf den Plan zu treten. Mit einer strengen Handbewegung wies Ferdi sie an, sich in Zaum zu halten. Die Hintergrundgeräusche waren jedoch nicht allzu störend und konnten dank moderner Digitaltechnik später herausgeschnitten werden.

Thorsten hielt die Kamera abwechselnd mal auf Daniela, mal auf Silke und ließ sie auch etwas in der Landschaft umherschweifen. Die schöne Dani spreizte aufreizend ihre Schenkel und stellte ihre rasierte Scheide zur Schau. Als kleine Zierde war ein kunstvoll geschnittenes kurzes Haarbüschel zu sehen, das sich in seidigem Dunkelbraun zwei Finger breit oberhalb des Kitzlers befand. Dani bewegte die Beine weit auseinander, fast wie eine Primaballerina. Thorsten filmte in Nahaufnahme ihr Geschlecht. Beim Spreizen ihrer Schenkel bewegten ihre äußeren Schamlippen sich etwas und gaben wenige Millimeter mehr Einblick auf den Schlitz.

Der Kameramann war ein Freund der Kontraste und wechselte daraufhin blitzartig in die Halbtotale, um kurz darauf Silke ins Visier zu nehmen. Diese spielte schon mit ihrem Kätzchen, streichelte es neckisch und steckte ganz kurz und forsch den Finger hinein. Sie zog ihn wieder heraus. Er war trocken. Das würde sich sehr bald ändern.

„Oh, wenn das jemand mitkriegt", hauchte Daniela gespielt schüchtern. „Dann werden wir exkopuliert!"

Das heißt „exkommuniziert"! Aus der Kirche rausgeschmissen! lachte Ferdi lautlos in sich hinein und feixte. War der Versprecher Absicht gewesen oder echte Unwissenheit seines brünetten Movie-Bunnys? Dies faszinierte ihn so an seiner neugewonnenen Porno-Darstellerin: Sie hatte eine vage Aura von Selbstironie und Illusion, wirkte manchmal so klug und sensibel, um dies dann wieder mit einer herzerfrischenden Naivität und Unschuld auszugleichen, bei der man nicht wusste, ob und inwieweit das alles gespielt oder ernst gemeint war. Dani war einfach eine ganz einmalige, unverwechselbare Zuckerschnecke, vom Format absolut männerkompatibel und aufbaubar wie selten eine Darstellerin. Freilich musste sie erst beweisen, wie gut und zuverlässig ihr Talent war.

„Niemand weiß, was wir hier tun", beharrte Silke mit seltsamer, nachdenklicher Sturheit, als würde sie innerlich von einem Drehbuch-Text ablesen. *Bei jeder Hollywood-Produktion wäre sie längst hochkant rausgeflogen,* dachte Thorsten amüsiert. *Sie karikiert sich selbst, die kleine Bums-Biene.*

Dirty Dany, dachte Ferdi und rieb sich grübelnd das Kinn. *Das könnte ich aus ihr machen. DiDa. Oder DD. Doppel-D. Zweideutig, mit extra-Körbchengröße. Natürlich sind auch ein paar OPs fällig.* Er beschloss, derlei Gedanken erst mal aufzuschieben und sie später weiterzuentwickeln, sie reifen zu lassen. Eines war klar: Allein schon optisch war Daniela erste Sahne und ragte weit über das Mittelmaß hinaus. Locker hätte sie auch das Zeug dazu, Dessous-Model oder gar ein echtes Fashion Model zu werden. Natürlich wäre er der letzte, der ihr diesen Floh ins Ohr setzen würde. Denn sein Geschäft waren die Pornos, und in Dani konnte er die berechtigte Hoffnung setzen, dass sie sich als goldener sexy Show-Schmetterling entpuppen würde. Der mit etwas Glück viel länger als nur einen Sommer flatterte.

Die Spiel-Szenen hatten sie schon kurz nach ihrer Ankunft in Jamaika begonnen abzudrehen. Auf die effektvolle Ferdi-Art: schnell, spontan und ohne lange zu überlegen. Wenn man mit Laien-Darstellern drehte, war es aussichtlos und viel zu mühsam, Szenen zu proben oder oft zu wiederholen. Easy und manchmal auch ganz unterhaltsam war der „Reality-Soap-Style". Einfach auf die „Schauspieler" draufhalten und ihnen nicht lange Zeit für Überlegungen oder Lampenfieber zu geben, das war das Erfolgsrezept von Ferdis Produktionen. Minuten oder gar nur Sekunden vor dem Dreh bekamen die Darsteller knappe, einfache Anweisungen für Handlung und Dialog. Sogleich wurden sie dann frei von einengenden Rollen-Korsetts abgefilmt und durften drauflosplappern.

Mittlerweile masturbierte Silke und ließ die Finger auf Kitzler und Schamlippen kreisen. Daniela sah zu, die Hände vor den Mund gepresst, in zur Schau gestellter Beschämung über die verruchte Lüsternheit ihrer Freundin und Nonnen-Kollegin.

„Das dürfen wir nicht!" flüsterte sie entgeistert, als wären ihr bereits alle Teufelchen der Hölle auf den Fersen.

„Klar dürfen wir das", sagte Silke betont cool. Sie hatte automatisch und bereitwillig den Part der Verführenden übernommen. Seltsam, da es in Wirklichkeit Daniela war, die in punkto Porno-Dreh fortschrittlicher und bestimmender war. Vielleicht war Silkes plötzliche gespielte Forschheit in der Film-Sequenz ihre Weise, mit einer mutigen Flucht nach vorne eine Sinneswandlung in eigener Sache herbeizuführen?

Mann oh Mann! dachte Thorsten und bemühte sich, die Kamera auf dem Stativ ruhig hin- und herzudrehen und Herr der Lage zu bleiben. Wieder spannte es vorne in seiner Hose. Er hatte vergessen, sich nach dem Aufstehen tüchtig abzumelken, wie er das eigentlich vorgehabt hatte. Verstohlen versuchte er, die Wölbung seiner Hose hinter einem Stativ-Bein zu verbergen. Er wusste nicht, was härter war; das Alu-Stativ oder sein Schwanz.

Ferdi winkte Kakadu herbei, der kurz darauf im Sucher der Kamera erschien.

„Oh, zwei schöne junge Frauen!" stellte Kakadu fest und fuhr sich mit der Zunge genießerisch über die Lippen. Eitel strich er sich über den hochfrisierten Haarschopf.

Daniela und Silke kauerten sich nackt und schutzsuchend wie zwei in die Enge getriebene Häschen aneinander.

„Schau weg! Wir sind nackt!" sagte Silke überflüssigerweise.

„Oh weh, wir haben gesündigt!" lamentierte Dani in weinerlichem Singsang. „Die Schwester Oberin wird uns bestrafen, weil wir uns im Bikini gesonnt haben und nun sogar nackt herumliegen!"

„*Ich* werde euch bestrafen", beruhigte sie Kakadu. Flink wie ein Wiesel entledigte er sich seiner Fußballhose, während er Shirt und Socken anbehielt. Er entblößte sein Gemächt. Sein Schwengel baumelte halbsteif vor ihren Augen umher. Er spielte an seinem Sack herum. „Ist voll", sagte er zufrieden. „Voll wie reife Kokosnuss!"

„Was willst du von uns?" leierte Silke unbeholfen herunter.

„Verrate uns bitte nicht an das Kloster!" flehte Daniela erstaunlich echt.

„Ihr seid keine Kloster-Frau! Ihr lügen! Ihr seid Fick-Frau!" behauptete Kakadu unbeirrt. Er war schon dabei, sein Gehänge zu massieren und aufzulockern. Sein Blut geriet langsam in Wallung, der Schwellkörper seines Penis füllte sich damit und begann ihn steil aufzurichten.

Im Hintergrund frohlockten seine Fußballer-Kollegen. Unruhig beobachteten sie die Szene und warteten auf ihren großen Moment.

Auf Anweisung von Ferdi musste das Bocken noch etwas hinausgezögert werden. Es galt, etliche Minuten des Films mit dem sexuellen Vorspiel anzureichern.

Erst mal war Lecken angesagt. Jetzt konnte Kakadu zeigen, was seine „Zauber-Zunge" draufhatte. Er beteuerte den zwei Girls in gebrochenem Englisch, das später synchronisiert werden würde, dass er der Schwester Oberin nichts von ihrem nackten Sonnenbad erzählen werde. Als Gegenleistung sollten sie sich aber von ihm ausgiebig ficken lassen. Nachdem sie seufzend eingewilligt hatten, ging er zum Angriff über: Mit seinen kräftigen Armen schob er Daniela und Silke, die ohnehin schon nebeneinander lagen, noch enger zusammen, so dass sie ihre Unterkörper dicht aneinanderpressten. Dann versuchte er beide im schnellen Wechsel zu lecken, war aber damit nicht ganz zufrieden. Mit einer Gestik, die keinen Widerspruch duldete, wies er Daniela an, sich auf die etwas üppiger gebaute Silke zu legen. Gesagt, getan. Dicht übereinander lagen nun vor ihm die beiden attraktiven Frauen. Ihre Mösen befanden sich in einem kleinen Abstand zueinander, der es ihm erlaubte, sie beide gleichzeitig zu lecken. Als wäre er ein durstiger Schäferhund, der sich am Wasser-Rinnsal einer Felsspalte gütig tat, schlabberte er mit seiner samtigen langen Zunge von Silkes Kitzler hoch zu Danielas Spalte. Dort wühlte er zwischen ihren Schamlippen herum, um bald wieder die Reise abwärts anzutreten, wo Silkes Pforte ihn wieder erwartete.

Immer wieder erstaunlich fand Kakadu, wie verschieden Frauen doch schmeckten, wie sich ihr Scheidensekret im Aroma unterschied. Danielas Saft war etwas süßer und zugleich von einer unterschwelligen, erdigen Bitterkeit. Silke hingegen war der etwas säuerlich-scharfe Typus mit einer animalischen, wilden Geschmacksnote. Fachmännisch und genießerisch wie ein Feinschmecker bei der Weinprobe zuzzelte Kakadu im stetigen Wechsel an beiden Lustgrotten herum, als könne er sich nicht entscheiden, welche Geschmacksrichtung sein Favorit sei.

Silke hatte sich in das Filmprojekt und ihre Rolle gefügt. Vorbei waren ihre Ängste und Zweifel. Sie beschloss, die Sache pragmatisch zu sehen und nach

Möglichkeit noch einen handfesten Genuss dabei herauszuschlagen. Sie wusste nicht, ob Dani momentan Ähnliches empfand wie sie und wollte sich mit ihr vor laufender Kamera darüber nicht austauschen. Allmählich aber spürte sie Wollust in sich aufsteigen. Ihr Ex-Freund würde schon sehen, dass sie ohne ihn nicht nur klarkam, sondern auch bisher ungeahnte Spielarten der Lust auszuleben wagte!

Als sie über sich das leise Stöhnen ihrer Freundin hörte, fragte sie sich, ob dies ein echter Ausdruck der Erregung war. Sie nahm eine zunehmende Feuchtigkeit auf ihrem Unterkörper wahr, der in wenigen Minuten so glitschig wurde, dass die Nässe unmöglich von ihrer Spalte allein stammen konnte. War es Kakadus Speichel? Oder gar zahlreiche Lust-Tröpfchen Danielas, die von oben herab rannen?

Hurtig wie ein Hase in der Brunst und von allen Anwesenden fast unbemerkt, hatte sich Kakadu ein hauchdünnes, aber reißfestes Kondom übergezogen. Es war zudem eine stattliche Übergröße, die bei Pygmäen und anderen Zwergvölkern leicht als Bratenschlauch durchgegangen wäre. Dennoch spannte sich das Kondom so straff über den steifen Riemen des Rastafaris wie ein Fell über eine Trommel.

Ohne langes Federlesen und ohne dass der Regisseur Ferdi den Befehl erteilt hatte, legte die langhaarige Mannshure mit dem Ficken los. Im einen Moment spürte Silke noch die Zunge über ihre geschwollenen Spalte fegen. Im nächsten Augenblick erstarrte sie, als der holzharte Bockprügel des Schwarzen in sie fuhr. Ohne Vorwarnung. Ohne dass sie es zuvor wahrgenommen hatte, wie Kakadu sein Werkzeug mit dem Gummi für den Geschlechtsakt vorbereitete. Ihr Blick wurde ja von der über ihr liegenden Daniela verdeckt.

Diese hatte bemerkt, was Kakadu vorhatte, und war so vom Eindringen des jamaikanischen Schwengels nicht überrascht. Dennoch fuhr ein Schreck durch ihren angespannten und von Erregung ergriffenen Leib, als der Rasta abwechselnd ihr Geschlecht und das ihrer Freundin penetrierte mit kurzen, tiefen Bockstößen. Diese erfolgten so schnell und gründlich, als würde ein mächtiger Stahlkolben in den Zylinder eines Automotors donnern. Als wäre es heißes Motorenöl, fing auch das Blut im Unterleib Danielas an zu köcheln und sie war sich sicher, dass es bei Silke nicht viel anders war.

Thorsten war erregt. Sein Rohr, das sich in der Hose spannte, war hart wie Stahl erster Qualitätsgüte. Er filmte dennoch fleißig und aufmerksam. Beruhigend war zu wissen, dass nicht nur die Kamera ihre zuverlässige Arbeit tat, sondern sich die Aufmerksamkeit aller Anwesenden auf die Rammelei beschränkte. Niemand bemerkte, dass der Kameramann nicht nur die blinkende Technik vor Augen, sondern zudem auch ein pulsierendes Gerät in der Hose hatte.

Kakadu bumste in seinem Fußball-Trikot wie ein Weltmeister. Für ihn schien es ein Leichtes zu sein, gleich zwei Frauen zu ihrer vollsten Zufriedenheit zu bedienen. Womöglich würde er noch mehr schaffen...

Danielas hübscher, schlanker Körper wogte hin und her unter den kräftigen Stößen des Rastas. Silkes Leib unter ihr hatte durch den Bodenkontakt mehr Halt, aber durch Danielas Gewicht auch mehr auszuhalten.

Schnaufend zoomte Thorsten mit dem Objektiv mal näher heran, mal hielt er Abstand, um die drei Akteure in ihrer ganzen Pracht auf die Speicherkarte zu bannen. Immer aber blieb er in Bewegung. Er ließ nicht zu, dass eine Kameraeinstellung zu lange dauerte und in ein stumpfes, mechanisches Fließband-Ficken überging. Was bei den üblichen Erotik-Filmen leider allzu oft vorkam.

Ferdi winkte der Gruppe junger Schwarzer zu. Es war Zeit für den Auftritt der Fußball-Mannschaft.

Sie kamen. Vergnügt, frohlockend, ausgelassen grinsend. In ihren grünen Shorts, den gelben T-Shirts und den schwarzen Strümpfen machten sie zwar einen sportlichen Eindruck, doch sah man ihnen auch an, dass sie mehr Übung darin hatten, ihre Lungenflügel bei einer Rauch-Session flattern zu lassen als mit ihren Beinen nach einem Ball zu treten.

Den Fußball, den sie dabei hatten, kickten sie vor der Kamera ein paarmal lustlos hin und her, abgelenkt und ganz hingerissen vom Bock-Sport ihres Kollegen.

„Wir wollten doch Fußball spielen!" sprach einer der Rastafaris gehorsam sein Sprüchlein daher.

„Ich kann jetzt nicht!" ächzte Kakadu zwischen zwei hämmernden Stößen. „Ich loche gerade woanders ein!"

„Das ist unsportlich!" behauptete ein anderer empört. „Wir haben uns alle extra freigenommen für das Spiel."

„Fragt doch *sie*, ob sie mich weglassen!" empfahl Kakadu hechelnd, ließ seinen Kolben aus Daniela heraussausen und pflanzte ihn sogleich Silke ein, die ihn bereitwillig aufnahm.

„Er soll aufhören zu ficken!" sagte der Beach Boy, der zuerst gesprochen hatte, zu Daniela. „Wir wollen zusammen Fußball spielen."

„Fußball spielen!" äffte Daniela ihn spielerisch und mit spöttischem Tonfall nach. „Und danach wollt ihr vielleicht noch eine Sandburg bauen oder Ringelreihen tanzen, was? Mensch, macht doch mit, ihr Faulpelze!"

Ferdi ging in Hab-Acht-Stellung. Obwohl oder gerade weil er ein professioneller Regisseur war, galt für ihn Sicherheitsstufe Eins für seine Darstellerinnen. Er musste aufpassen und durfte es nicht zulassen, dass die Frauen von einer Horde wild gewordener Männer im Hormon-Rausch zu grob angefasst wurden.

„Langsam, langsam!" mahnte er auf Englisch, als die zehn Rastas sich daran machten, sich ihrerseits ein Stück vom verheißungsvollen Sex-Kuchen zu ergattern. Kakadu wurde protestierend beiseite gedrängt, und die geilen Jungs stritten sich, wer von ihnen als erster die Girls vernaschen durfte.

Doch auch Daniela und Silke forderten selbstbewusst ihr Recht auf Mitbestimmung an dem Dreh. Schließlich waren sie die Hauptdarstellerinnen. Sie wählten zwei hübsche junge Männer aus, die ihnen am rücksichtsvollsten und zärtlichsten erschienen. Diese durften Kakadus Platz einnehmen.

Die Hitze wurde immer stärker. Es war jetzt nach zehn Uhr vormittags. Die Sonne brannte auf den Strand herab, an dem sie nun nicht mehr alleine waren. Aus der Ferne wurden sie von zwei Spaziergängern beobachtet. War es ein Liebespaar? Einer oder eine von ihnen schien mit einem Handy zu hantieren.

Bitte nicht die Polizei rufen! betete Ferdi stumm. Öffentliche Sexszenen oder gar Porno-Drehs in freier Natur waren auf Jamaika bestimmt verboten. Weniger Angst war ihm vor einem deftigen Schmiergeld als vielmehr vor dem Risiko, den Dreh abbrechen zu müssen.

Der Gruppensex mündete inzwischen in einen wüsten Triebtäter-Tsunami. Erst der Reihe nach, dann in zunehmend unregelmäßiger und chaotischer Weise besprangen die Rastafaris die beiden jungen Frauen, wobei sie sich immer wieder gegenseitig bedrängten und wegzerrten. Die Darstellerinnen bejubelten das irre Schwanzgeknüppel mit heißen Seufzern und geilem Gestöhne. Das machte die Männer schier verrückt und stachelte sie noch mehr an, alles zu geben.

Es passierte zum ersten Mal nach drei Minuten: Einer der jüngsten Darsteller verschoss sein Pulver. Er zog sich hektisch das Kondom vom Schwanz, das schnalzte wie die Sehne einer Armbrust und davonflog, milchig-weiße Tropfen von sich gebend. In langen, schleimigen Pumpstößen jagte der ungestüme Kerl seinen Eiersaft aus der Kanüle seines Kolbens und bespritzte damit nicht nur die zwei Frauen, sondern auch manche seiner Kollegen. Sein

Lustgenuss würde nur von kurzer Dauer sein. Groß wäre bald das Gespött der anderen, die ihn seiner bescheidenen Leistung wegen an diesem Tag und noch Monate später foppen würden.

Nach und nach wich die anfängliche Begeisterung einer immer mehr um sich greifenden Ermattung. Schon zeigten sich bei den ersten Rammlern deutliche Ermüdungserscheinungen.

Thorsten filmte was das Zeug hielt. Er hatte nun die Digitalkamera vom Stativ genommen und hielt das Geschehen aus nächster Nähe fest. Das ordinäre Zelt in seiner Hose war verschwunden, sein Schwengel hing jetzt schlaff und teilnahmslos in seiner Hose. Zu pervers und sportlich war nun das Hand- und Beingemenge der Fickenden. Zu kompliziert und anspruchsvoll wurde die Filmerei, als dass Thorsten auch nur einen Gedanken an seine eigene Geilheit verschwenden durfte. Es galt, im Freestyle realistisch und hautnah die Bumserei aufzuzeichnen, ohne das Bild zu sehr zu verwackeln oder gar über das Durcheinander zu stolpern.

Zügellos ihren Übermut und ihre Erlösung herausbrüllend, spritzten der zweite und der dritte Rasta fast gleichzeitig ab. Nicht viel später folgten drei weitere. Die „Cumshots" wurden von Thorsten sorgfältig festgehalten.

Fünf Böcke waren nun noch im Spiel, darunter auch Kakadu. Bei Silke, die sich nun vollends zur Schamlosen gewandelt hatte, waren drei Strandjungs am Werk: Zwei begatteten sie zugleich vaginal und anal. Einer wurde von ihr mit dem Mund befriedigt.

Daniela bediente lediglich zwei Lümmel zur gleichen Zeit. Sowohl ihre Lustgrotte als auch ihre Mundhöhle waren eifrig in Betrieb. Das braune Hinterloch wollte sie sich eigentlich für die spätere Ehe aufsparen. Doch ahnte sie bereits, dass dafür die Chancen bei einem solchen Job nicht allzu groß waren. Zumindest längerfristig gesehen.

Nervös blickte Ferdi um sich. In ihrer unmittelbaren Nähe standen nun schon ein paar Grüppchen Menschen herum, feixten, lachten oder grinsten. Der eine oder andere mochte wohl schon mit seinem Smartphone Fotos schießen oder die Szene filmen. Nahe heran traute sich niemand der Schaulustigen. Wohl wegen der zahlreichen Rastafaris, die in die Aktion verwickelt waren und von denen niemand der Zuschauer abschätzen konnte, wie gefährlich sie sein mochten. Polizisten waren noch keine da, wie es den Anschein hatte. Vermutlich war der durchschnittliche Jamaikaner aber auch recht cool und tolerant in solchen Dingen. Ferdi konnte sich vorstellen, dass auf Jamaika zwar allerlei dubiose Geschäftszweige blühten, jedoch weit weniger das feige

Denunziantentum.

Wieder fiel einer der zottelhaarigen Ficker aus und wälzte sich japsend im Sand umher, seine weiße Sacksuppe aus dem steifen braunen Rohr spritzend. Verbissen schwitzend wie ein Ausdauersportler war Kakadu immer noch in Aktion. Momentan beschäftigte er sich damit, in Silkes Vordereingang zu stoßen. Sein Kondom war nicht gerissen, doch inzwischen sehr beansprucht worden. Es war zum Äußersten gespannt wie ein Luftballon, der zu lange an der Gasflasche gehangen hatte.

„Jetzt kommen!" kündigte er an, ungläubig schreiend wie der Schaffner einer stets verspäteten indischen Eisenbahnlinie. „Jetzt kommen viel!!!"

Es begann mit einem dumpfen Grunzen, das in ein hektisches Brüllen überging, als die Munition seines Kolbens in hellen langen Fontänen nach draußen schoss. Träge und in schleimigen Schlieren kroch die Spermaflüssigkeit über Danielas und Silkes erhitzte und gerötete Körper.

Wie Sonnenmilch, dachte Thorsten und verewigte die Ejakulation per Kamera.

Mindestens zwei Dutzend Leute scharten sich jetzt in der Nähe des Drehorts zusammen. Es wurden immer mehr und sie hatten zunehmend weniger Scheu, sich der Szene bis auf einige Meter zu nähern.

Ferdi sah auf die Uhr. „Kommt langsam zum Schluss!" mahnte er halblaut. Sein Kameramann gab die Ansage weiter. Die bockenden Rastas konnten oder wollten ihn zwar nicht hören, waren aber nun schon so verausgabt, dass sie ohnehin nicht mehr lange durchhalten würden. Zu vermeiden war aber auf jeden Fall, dass die abschließende Szene mit den „Cumshots" von herbeieilenden Ordnungshütern womöglich gestört wurde.

Thorsten mit seinem unbeirrbaren Profi-Instinkt atmete erleichtert auf, als die verbliebenen Schwarzen, die noch „ihren Mann standen", begannen, ihren Höhepunkt zu erreichen. Begleitet von Danielas und Silkes wildem Gestöhne, wanden sich die Rastafaris in ekstatischen Krämpfen und gaben schleimigen Saft von sich.

Die Schlacht war fürs erste geschlagen. Schneller als erwartet, aber schamlos und wüst genug, um Material für eine besonders pikante Sex-Szene abzugeben. Thorsten informierte Ferdi darüber, dass insgesamt vierunddreißig Minuten Rohmaterial entstanden seien. Dieser quittierte die Nachricht mit einem zufriedenen Seufzen.

Der Strand sah an der Stelle des Drehorts aus, als hätten sich Walrosse einen Kampf geliefert. Die Schilfmatten, auf denen die zwei Frauen anfangs gelegen hatten, waren zerknickt und zerfleddert. Unzählige Fußspuren und Spermaspritzer zeugten von dem verruchten Fickgewitter.

Ferdi entnahm der Kamera die Speicherkarte, packte sie in ihre kleine Plastikbox und hütete sie wie einen kostbaren Schatz. In der Mittagspause würde er im Hotelzimmer das Material sichten und auf Festplatte kopieren, um einen Datenverlust auszuschließen. Derweil hatte Thorsten die Aufgabe, sich für die geplante Lesben-Szene am neuen Drehort einzufinden und zuvor die neue Darstellerin zu kontaktieren.

Daniela zog sich ihren Bikini wieder an und sogleich noch ein großes Badetuch über die Schultern, nachdem sie sich mit einer Küchenpapierrolle aus der Strandtasche notdürftig von Sand und Sperma gesäubert hatte. Die Menge der Schaulustigen war nun ziemlich groß und unüberschaubar. Der Strand schien bevölkert von lachenden und ungeniert gaffenden Menschen aller Hautfarben. Schwarze und Farbige waren genauso darunter wie hellhäutige Touristen.

„War heftig, oder?" fragte Daniela, während Silke sich im seichten warmen Meerwasser wusch. „Eine ganze Fußballmannschaft war das, die wir da glücklich gemacht haben."

Silke grinste verschwörerisch. „Ohne Foul und Elfmeter! Das war 'ne Leistung."

„Elf *halbe Meter* waren es aber bestimmt", vermutete Dani schelmisch lächelnd. „Das gibt einen deftigen Muskelkater morgen in der Mumu. Und der Tag ist noch nicht um!"

„Ich fürchte, ich werde nie wieder an einem Strand liegen können, ohne diese verrückte Schwanzparade vor Augen zu haben!" sagte Silke und verdrehte die Augen. Sie rieb sich zügig den Körper mit einem frischen Handtuch trocken und suchte nach ihren Klamotten.

Die Lesben-Szene am Nachmittag war hingegen beinahe ein Zuckerschlecken. Mit im Spiel war die einundzwanzigjährige Jolanda, eine wunderhübsche Mulattin mit riesigen Brüsten. Diese waren so warm, weich und kuschelig wie Sitzkissen aus dunklem Samt.

Ferdi hatte ein kleines Hotel gemietet, in welchem zurzeit Renovierungsarbeiten vonstattengingen und das deshalb frei von Gästen war. Der Hotelbesitzer hatte es ihm preiswert für einen Nachmittag überlassen. Freilich war die Anlage nur eingeschränkt nutzbar. Hier und da sah man Sandhaufen, aufgeworfene Erde, allerlei Gerätschaften, Werkzeuge und

Baumaschinen. Der Pool war noch voller Wasser, sollte aber bald neu gefliest werden. Deshalb waren schon hunderte, wenn nicht tausende von Bodenplatten zu kleinen grünen Türmchen aufgeschichtet.

Thorsten stellte das Stativ mit der Kamera in eine Ecke des Pools, wo das Wasser nur knöchel- bis knietief war. Hier sah man nichts von den anstehenden Bauarbeiten. Geschickte Improvisation war alles.

Der Plot war einfach: Jolanda war das Zimmermädchen, das von der Chefin des Hotels, gespielt von Daniela, beim Diebstahl einer Halskette erwischt wurde. Um einer Entlassung zu entgehen, bedrängte sie ihre Vorgesetzte mit lesbischer Verführungskunst. Während dem Liebesspiel sollte dann auch Silke dazukommen, welche die Touristin spielte, der die Halskette gehörte. Gemeinsam sollten sie sich in einer Art zärtlichem Dreiecks-Flirt zum Höhepunkt der Liebeslust bringen. Am Ende würde Jolanda von der zutiefst befriedigten Silke die Halskette geschenkt bekommen und glücklich von dannen ziehen.

Lasziv räkelte sich Jolanda nun vor Daniela, ihre enormen Brüste von unten umfasst. Sich ihrer Anziehungskraft sehr sicher, ließ sie die Busen kreisen. Die Brustwarzen wiesen bereits steif und erregt nach oben und waren hart und groß wie dunkle Perlen.

Nicht mehr an sich haltend, machte sich Daniela über die zarte Leckerei her. Sie nuckelte und lutschte an den Warzen, mal links, mal rechts. Jolanda atmete schneller und fing an laut zu keuchen.

„Oh, Boss!" stöhnte sie. „Ihr seid so… mächtig!" Sie war nackt, hatte die schwarzweiße Dienstmädchen-Kleidung von sich geworfen und nun lediglich weiße Strapse an. Die bildeten einen schönen Kontrast zu ihrer dunklen Haut.

Thorsten filmte. Die Kamera erzeugte Pixel um Pixel, fing alles gut beleuchtet und mit technischer Perfektion in Full-HD ein. Besonders reizvoll fand Thorsten das Outfit Danielas. Sie trug ein schwarzes Business-Kostüm. Wegen der Hitze hatte sie keine Strumpfhose, dafür aber edle schwarze High Heels an. Tatsächlich sah sie aus wie eine strenge Hotelchefin, allerdings eine sehr hübsche. Ihre brünetten Haare waren nach hinten gebunden. Ihr Make-Up war dezent und nicht zu knallig, wie es sich für eine Geschäftsfrau gehörte.

Danielas Zunge wanderte über den leicht vorstehenden, aber niedlichen Bauch Jolandas bis hinunter zu ihrer kurzen, krausen Schambehaarung. Nicht lange, und sie liebkoste die äußeren und inneren Schamlippen sowie den Kitzler, der sich bereits neugierig vor zu recken begonnen hatte.

„Oh, nicht das, Boss!" flehte Jolanda. „Ich wollte Sie doch nur... etwas... berühren! Was... was soll mein Mann dazu sagen? Er wird mich verlassen, wenn er davon erfährt!"

Daniela fuhr schweigend fort mit dem Oralverkehr. Einzig ihre Zunge sprach eine leise, schmatzende Sprache.

„Was ist hier los?" ereiferte sich der „Hotelgast" Silke entgeistert und stand wie angewurzelt zwischen zwei Steinsäulen.

Natürlich machte sie kurz darauf mit bei der Ferkelei am Pool, ohne lange zu zögern. Gemeinsam kitzelten und kraulten sie Jolanda mit ihren Zungen in die Nähe eines Orgasmus.

Zunächst nicht im Drehbuch vorgesehen war das Auftauchen eines Mannes. Ferdi hatte diesen Wendepunkt kurzfristig eingebaut. Erst in der Mittagspause hatte er die Idee dazu gehabt. Einer der frisch leergemolkenen Rastafaris hatte sich bereit erklärt, gegen einen kleinen Aufpreis den Part von Jolandas Ehemann zu übernehmen.

Jetzt stand er bei den Säulen und empörte sich über das Fremdgehen seiner Gattin. Gefangen zwischen den emsig leckenden Mündern der beiden Frauen, gestand Jolanda ihm mit wankender, lustgeschwängerter Stimme den versuchten Diebstahl der Halskette und damit den Grund für den Sex mit ihrer Chefin und dem weiblichen Hotelgast.

Überzeugt vom guten Charakter und der Einsicht seiner Frau, die mit ihrem lesbischen Fremdgehen ja nur eine Entlassung umgehen wollte, griff der Ehemann nun seinerseits ins Geschehen ein und betätigte sich willig als Bockpartner.

Er fickte auf harschen Befehl der „Chefin" zunächst ausgiebig diese, um sich dann dem „Gast" Silke zu widmen. Die Lustschreie und das schamlose Gestöhn der beiden Frauen waren für die entsetzte Jolanda Strafe genug. Sie musste mitansehen, wie ihr Gatte es vor ihren Augen mit den Frauen trieb.

Thorsten hielt ihren Gesichtsausdruck und ihr gespieltes Weinen in Nahaufnahme fest. Allerdings übertrieb er es nicht damit, um dem Erregungspotential des Pornos keinen Abbruch zu tun.

Und klar: Zum Schluss kam Jolanda dran. Weil sie eine Diebin war, ritt der Rastafari sie besonders hart und schonungslos. Wieder eine kleine Strafe zusätzlich!

Ferdi war fasziniert von seinem Werk. Ja, es war Kunst, was er da schuf! Letztendlich war es eine Abhandlung über Schuld und Sühne, Moral und Unmoral, Sünde und Vergebung. Zugleich eine Metapher, ein Literaturfilm mit so etwas wie einem Gleichnis, und, ganz wichtig: eine politische Parabel in der wertvollen, einzigartigen Gestalt eines Filmes!

Letztendlich war es ihm aber scheißegal was es war. Hauptsache es brachte Mäuler zum Geifern, Eier zum erhärten und Schwänze zum Schwellen.

Kapitel 7:

MÖRDERISCHES GHETTO

„Schon wieder Stau!"

Ferdi klatschte sich mit der flachen Hand gegen die schweißfeuchte Stirn. Er saß auf dem Beifahrersitz. Seine schmale Aktentasche mit Regie-Unterlagen und allerlei Produktionskram lag vor ihm auf dem Boden.

Am Steuer des Pickups saß Alan, ihr Helfer aus dem Hotel. Er hatte abgebremst, als abzusehen war, dass die Fahrzeugkolonne vor ihnen stoppen würde. Mit einem Schnarren ließ er die Handbremse einrasten. Der Motor lief weiter. Er versorgte die Klimaanlage mit Energie. Ohne sie wäre es im Innenraum des Wagens stickig heiß gewesen.

Im Fond saßen Daniela, Silke und Thorsten dicht nebeneinander. Die Kameraausrüstung samt Scheinwerfern lag hinten auf der Ladefläche, in gepolsterten Alu-Koffern und mit einer festgeschnürten Plastikplane verpackt. Thorsten war aber nun mal Profi genug und hatte selbst jetzt einen kompakten Mini-Camcorder in der Hand. Hin und wieder, wenn ihn eine Szene draußen besonders interessierte, ließ er das Fenster herunter und filmte drauflos.

Kingston war nicht nur Jamaikas Hauptstadt, sondern auch die chaotischste Stadt, die Daniela und Silke je gesehen hatten. Heruntergekommene Häuserzeilen, Holzfassaden mit abgeblätterter Farbe, versiffte Hinterhöfe voller überquellender Mülltonnen, triste Ziegelmauern mit Graffiti, umhersitzende Menschen ohne Perspektive… Sie sahen die Schattenseiten des Paradises. Die dunkle Seite der Medaille, die in keinem bunten Reiseprospekt je zu sehen sein würde. Allerdings befanden sie sich momentan in einer Gegend, die eher an einen Slum erinnerte als an eine normale Wohnsiedlung und sicher zu den ärmsten Gebieten der Stadt zählte. Sicher gab es auch zahlreiche schöne Gegenden in der Stadt.

„Bist du sicher, dass wir hier richtig sind?" fragte Ferdi. Er klang sichtlich nervös und sah sich um. War vorne eine rote Ampel? Warum fuhr die Wagenkolonne vor ihnen nicht weiter?

„Ich glaube, ja", antwortete Alan, nun doch etwas verunsichert. „War schon lange nicht mehr bei Carlos. Sein Resort erreicht man am schnellsten über diese Hauptstraße. Wir sind ziemlich tief in die City gefahren. Vielleicht sollte ich ihn kurz anrufen. Das sieht hier alles gleich aus, eine Straße ist wie die andere..." Er fummelte an der Gürteltasche nach seinem Handy.

Gestern noch war es beim Dreh am Strand wild her gegangen. Heute Mittag wollten sie einen ehemaligen Manager des Hotels besuchen, in dem sie wohnten. Carlos betrieb jetzt ein eigenes kleines Urlaubs-Resort und war ihnen vom jetzigen Hotelmanager, seinem Nachfolger, empfohlen worden. Das Resort besaß einen weitläufigen Garten mit kleinem Privat-Zoo, wo Affen, Pfauen und ein Ozelot gehalten wurden. Für einen originellen Pornofilm würden sich da interessante Szenen bieten.

Bevor Alan das Handy hervorklauben konnte, fuhr das Auto vor ihnen langsam an. Die Blechkolonne setzte sich behäbig in Bewegung.

Erleichtert lockerte Alan die Handbremse und trat auf die Kupplung. Ein Tritt aufs Gaspedal, und das Pickup kam ins Rollen.

„Endlich", schnaubte Ferdi wie ein ermattetes Pferd. „Viel länger halte ich es in dieser – "

Etwas knallte gegen das Blech. Das war von hinten gekommen. Ein Auffahrunfall? Entnervt schaute sich Ferdi um, konnte aber wegen der drei Fondpassagiere und der vollgestapelten Ladefläche durch die Heckscheibe nichts erkennen. Alan zog abermals die Handbremse. Hinter ihnen hupte jemand.

Vor dem linken Seitenfenster tauchte ein Gesicht auf. Ein Schwarzer, kurzgeschoren und mit großer Sonnenbrille. Rotes T-Shirt und Tätowierungen an Armen und Hals. Mit der flachen Hand hämmerte er gegen das Blech der Türe. Es knallte wieder, dumpf und bedrohlich.

„Runter!" brüllte Alan. Es war, als wäre etwas in ihm explodiert, das ihn aus der Haut fahren ließ. Er duckte sich, löste die Handbremse, ließ den Motor aufheulen und versuchte zurückzusetzen. Gleichzeitig betätigte er den Hebel für die Zentralverriegelung. Doch es war schon zu spät.

Jamaikanischer Slang ertönte mit einem Mal aus allen Ecken. Kreolische Sprache. Das Pickup war im Handumdrehen umringt von jungen Männern in finsteren Posen – und mit Waffen in den Händen! Fahrer- und Beifahrertüre wurden aufgerissen. Ferdi fluchte. Daniela zersprang fast das Herz in ihrer Brust vor Schreck. Silke war wie erstarrt, Thorsten völlig regungslos wie ein Reptil.

Zum ersten Mal in seinem Leben merkte Ferdi, wie es sich anfühlte, eine wahrscheinlich geladene Schusswaffe an den Kopf gehalten zu bekommen. Die Pistole war unspektakulär, nicht besonders groß und sah etwas mitgenommen und zerkratzt aus, würde aber zweifellos ihren Zweck erfüllen, falls es darauf ankommen sollte. Ihr Besitzer knurrte etwas, was er nicht verstand. In einem Tonfall, der Widerspruch weder erwartete noch duldete.

„Hinten rein", sagte Alan atemlos zu Ferdi. „Er will, dass du nach hinten gehst."

Augenblicklich gehorchte Ferdi. Er verzog sich rasch auf den Rücksitz zu Daniela, Silke und Thorsten. Es wurde sehr eng dort. Sie kauerten sich dicht aneinander.

Der Pistolenmann kläffte noch ein oder zwei unverständliche Sätze. Alan nickte. Auf der Ladefläche rumpelte es. Sie getrauten sich alle nicht, nach hinten zu sehen, ahnten aber, dass weitere Gangmitglieder beim Gepäck Platz genommen hatten.

Denn um eine Gang handelte es sich hier, keine Frage.

Eine jamaikanische Gang, dachte Daniela wie gelähmt. *Verdammt! Wie konnten wir nur so naiv sein!* Hatte sie doch im Fernsehen und auf YouTube nicht wenige Reportagen über derlei Dinge gesehen. Jetzt war sie mitten drin, und es war Ferdis Schuld. Dieses leichtsinnige Arschloch! Er hatte zugelassen, dass sie durchs tiefste Ghetto Kingstons gefahren waren, vollbeladen mit der Kameraausrüstung!

Der Gangster, der sich auf den Beifahrersitz neben Alan setzte und die Knarre auf ihn richtete, roch penetrant nach etwas Beunruhigendem, Chemischem. Irgendeine Droge? Crack? Oder waren seine Klamotten mit Abflussreiniger gewaschen worden?

„Oh Gott!" keuchte Alan auf Englisch. „Oh Gott, bitte nicht! Nein, tut das nicht! Raubt uns aus, aber nicht *das*!"

„Was hat er vor?" hauchte Ferdi heiser und mit panisch glitzernden Augen. Thorsten atmete sehr flach, als wäre er schon beinahe tot. Silke presste die Schenkel zusammen und zitterte kaum merklich, aber ohne Unterlass und am ganzen Körper. Sie trug khakifarbene kurze Hosen, ein knappes schwarzes Top und sexy Sandalen ohne Strümpfe. Sie hatte die Augen geschlossen als betete sie.

Daniela verkrampfte ihre Finger ineinander, so dass die Knöchel weiß wurden. Blutrot glänzten ihre aufgesetzten langen Fingernägel wie Vorboten von etwas Schrecklichem. Sie war mit einem knielangen luftigen Sommerkleid in Gelb bekleidet, auf dem viele bunte Blumen zu sehen waren. Dazu ein schicker Gucci-Gürtel. Sie wollte gar nichts mehr denken, sehen und wahrnehmen. Sehnlichst wünschte sie sich in dieser Sekunde in ihr sicheres, wohlhabendes Heimatland zurück, das jetzt in so unerreichbarer Ferne lag.

Alan sprach etwas auf Kreolisch. Es klang sehr, sehr besorgt und unterwürfig. Wenn einem Typ seines Kalibers, den sie bisher als angstfrei eingeschätzt hatten, dermaßen die Muffe ging, konnte das nur etwas äußerst Negatives bedeuten.

Daniela wurde heiß und schwindelig. Trotz der Klimaanlage, die nun in der wieder geschlossenen Fahrzeugkabine zuverlässig arbeitete und die Temperatur herunterkühlte, meinte sie fast zu ersticken vor unangenehmer Hitze. Alles verschwamm vor ihren Augen. Sie blickte zu Silke, die ihren zitternden Leib an sie presste. Ihre Freundin war ganz mit sich selbst und ihrem Gebet beschäftigt.

Sie fuhren langsam. Doch wurden sie zunehmend schneller, als der Gangster auf dem Beifahrersitz Alan auf Kreolisch rüde anfuhr. Er zwang ihn schließlich zu einem fast halsbrecherischen Tempo, als solle er vermeintliche Verfolger abschütteln. Sie rasten mit quietschenden Reifen über eine Kreuzung, einen zugemüllten Boulevard hinab. Der Gangster gab Alan Fahranweisungen und wies mal hierhin, mal dorthin. Daniela sah, dass der Kerl eine fette Silberkette am Handgelenk trug. Oder war sie aus Platin? Sein Handrücken und die Finger waren mit allerlei Zeichen und Symbolen tätowiert.

„Er sagt, ich soll euch sagen, sie sind... *gefährliche Ficker*", sagte Alan dumpf. „Er sagt auch, dass der Kameramann mit seiner Kamera alles filmen soll, was passiert." Alan schwieg bedrückt und presste die Lippen fest aufeinander. Der Gangster drehte sich nach hinten um und funkelte Thorsten an, der krampfhaft die Digicam in den Händen hielt.

Zögernd machte sich Thorsten an dem Gerät zu schaffen, drückte den Aufnahmeknopf und filmte das Wageninnere.

In Daniela rotierten hitzige Gedanken der Angst und Verzweiflung, als wäre sie im Fieberwahn. *Ein schlechtes Zeichen*, dachte sie. *Ein ganz furchtbar schlechtes! Die tragen keine Masken. Es ist ihnen offensichtlich egal, dass wir uns ihr Aussehen für spätere Personenbeschreibungen merken könnten... Wollen die uns umbringen?* Verstohlen wagte sie einen Blick auf ihre Freundin. Kreidebleich und in sich zusammengesunken kauerte Silke auf dem Sitz.

Sie befuhren auf Befehl ihres Entführers eine dunkle, schmale Gasse. Von der Ladefläche her waren jetzt, als der Wagen langsamer und das Motorengeräusch leiser wurde, die ausgelassenen und krakeelenden Stimmen der anderen Gangster zu hören. Sie waren berauscht oder freuten sich auf das, was sie mit den vier Touristen und dem Hotelbediensteten vorhatten zu tun. Vielleicht würden sie Alan verschonen, weil er ein Landsmann war.

Verschonen vor *was*? Daniela hatte Tränen in den Augen. Sie spürte, wie noch mehr Flüssigkeit in ihren Tränenkanälen hinaufkroch, beinahe so zäh und erhitzt wie Lava. War es *so*, das bevorstehende Lebensende? Konnte es so sein? Durfte es so sein? So früh, in ihrem Alter? Und wenn das Ende jetzt bald käme, herbeigeführt durch diese Gesetzlosen, würde es schmerzhaft sein oder schnell und einfach gehen?

Was um alles in der Welt hatten die mit ihnen vor?

Die sonst so coolen Männer waren stumm und wohl genauso eingeschüchtert und angsterfüllt wie sie selbst. Vorbei war es mit den Selbstgefälligkeiten und Frechheiten Ferdis. Vorbei auch mit der gemütlichen Brummbär-Stimme Thorstens und seinen stets beruhigenden und bedächtigen Worten. Dies hier war zu einem karibischen Alptraum geworden, mitten in Kingston an einem sonnigen Nachmittag, zwischen all den fahrenden und parkenden Autos und den vielen Menschen. Wie konnte das eigentlich sein, wo war hier die Polizei? Beim Chillen am Strand oder betrunken in der Hängematte?

Der Gangster auf dem Beifahrersitz wedelte mit den Händen und bedeutete Alan, langsamer zu fahren. Er dirigierte ihn in eine Hofeinfahrt. Schäbiges, halbdunkles Terrain. Weit und breit war kein Mensch zu sehen. Eine Katze schoss schnell wie der Blitz davon, als das Pickup im Schritttempo in den Hof fuhr. Hinter ihnen schloss sich das eiserne Tor wie von Geisterhand.

Sie mussten alle aussteigen. Die Gang bestand aus fünf Männern. Zwei von ihnen trugen kompakte Maschinenpistolen, einer eine Pumpgun. Zusätzlich hatten sie Pistolenhalfter umgeschnallt, die teils durch Hemden und T-Shirts verdeckt waren.

Daniela sah sich unauffällig um. Eine Flucht schien kaum möglich zu sein und hätte den sicheren Tod bedeutet. Sie wünschte sich, nicht bald feststellen zu müssen, dass ein schneller Tod durch eine Kugel die bessere Alternative gewesen wäre zu dem, was ihnen bevorstehen mochte.

Thorsten ging langsam umher und filmte alles. Die Gang fand das gut. Der eine oder andere warf sich sogar mit seinen Waffen vor der Kamera stolz in Positur.

Daniela erstarrte. Sie glaubte inmitten des kreolischen Kauderwelsches das Wort „Snuff" vernommen zu haben.

Snuff-Video.

Wollten die hier etwa ein *Snuff-Video* drehen? Ein Pornofilm, bei dem die Darsteller am Ende vor laufender Kamera getötet wurden?

Auch Silke schien jetzt etwas mehr bei Sinnen zu sein und wirkte aufgedrehter, panischer. Sie starrte Daniela wortlos und mit aufgerissenen Augen an.

Weg hier! sagten diese Augen. Nein, sie *flehten* es.

Wir können nicht! Unmöglich! antwortete Daniela stumm. *Sie werden uns töten, wenn wir versuchen zu fliehen. Und wo sollten wir auch hin? Wir sind hier in einem gefährlichen Großstadt-Dschungel. Mitten im Ghetto.*

Alan räusperte sich ernst und verlegen. Er hatte wohl wieder eine Anweisung bekommen, die er ihnen übersetzen sollte.

„Sie meinen, wir würden ein... schönes Video drehen. Das Beste, das ihr jemals gedreht habt. Sie wissen, dass wir einen Porno drehen wollten und sagen, es sei eine Sünde. Wir haben heute Gelegenheit, uns von diesen Sünden reinzuwaschen, indem wir ein allerletztes Mal ein Video drehen..."

Die Gang hatte sich drohend um sie herum aufgebaut. Gewehre wurden entsichert, ein hässliches Lachen ertönte. Silke begann leise vor sich hin zu schluchzen. Ihre Schultern bebten.

Thorsten filmte weiter, nahm sogar die Gangster einzeln ins Visier und hielt ihre Visagen in Großaufnahme fest. Ihm war anscheinend mittlerweile alles egal. Vielleicht half ihm die Konzentration auf das vertraute und geliebte Filmen sogar, mit der extremen Stress-Situation umzugehen. Ferdi stand ratlos und mit hängenden Schultern da. Er starrte zu Boden, als suchte er dort nach etwas, vielleicht einem Fluchtplan. Dafür war es reichlich spät.

Vor Danielas innerem Auge überschlugen sich grässliche Bilder. Es gab diese Sorte von verbrecherischen Videos also doch, sie waren kein Mediengerücht! Es gab tatsächlich so abgrundtief böse Menschen auf der Welt, die imstande waren, derartige Dinge mit anderen Menschen anzustellen. Voller Trauer und Bitterkeit sah Daniela durch einen Tränenschleier Silke an. Sie wusste plötzlich, dass sie ihre beste Freundin, die mit ihr schon durch Dick und Dünn gegangen war, über alles liebte. Sie war ihre einzige wirklich vertrauenswürdige Bezugsperson und...

Silke staunte mit offenem Mund. Sie sah verblüfft geradeaus.

Daniela folgte ihrem Blick.

Silke sah Ferdi an. Der grinste. Er wagte es allen Ernstes breit zu grinsen! Sollte er etwa…?

Nein!

Er war ein grandioser Schwätzer und sonst noch alles Mögliche, aber kein Schwerverbrecher. Ferdi machte mit diesen Kerlen *keine* gemeinsame Sache! Niemals würde ein Typ wie er dazu fähig sein, Snuff-Videos zu drehen!

„Ferdi!" zischte Daniela leise. Er reagierte nicht oder hatte sie nicht gehört. „Ferdi!" rief sie jetzt lauter. Er drehte sich zu ihr um. Immer noch grinste er, doch es mischte sich ein schuldbewusster Ausdruck des Bedauerns in sein Gesicht.

Also doch!

Dieses Dreckschwein hatte sie verraten, um…

Ferdi fing an zu kichern. Wie auf Kommando löste sich sogleich bei den umherstehenden Gangstern die grimmige Stimmung in Nichts auf. Sie fingen an zu lachen. Verhalten zunächst, dann aber haltloser und ungehemmter.

Ferdi getraute sich nicht aus vollem Halse zu lachen, da er ahnte, dass er seinen gut vorbereiteten Scherz zu weit getrieben hatte.

Silke schüttelte fassungslos den Kopf. Kurz darauf würde sie das Glücksgefühl unendlicher Erleichterung verspüren.

Auch Thorsten war anscheinend nicht eingeweiht gewesen in die Sache. Er ließ jetzt die Kamera sinken und ging verwirrt in die Knie, um sich auf eine alte Holzkiste zu setzen. Die gelungene Verarschung war zu viel für ihn.

„Sorry, Daniela", hüstelte Ferdi. „Aber für den Film war das gut. Dramatisch. Ihr hättet es niemals so echt und mit so tiefen Gefühlen gespielt, wenn ihr davon gewusst hättet und ich euch diese kleine Drehbuchänderung vorher mitgeteilt hätte. Das versteht ihr doch, oder?" Er sah auch zu Silke, die völlig perplex war.

Der nun folgende Anschiss war ein so heftiges Zeichen weiblicher Empörung und lodernden Zornes, dass die Jamaikaner respektvoll Abstand hielten. Ferdi ließ die Beschimpfungen der beiden jungen Frauen gehorsam und schuldbewusst über sich ergehen. Wusste er doch, dass die pikanten Aufnahmen schon sicher im Kasten waren.

Jede Missstimmung hat einmal ein Ende. Der Nachmittag erwies sich letztendlich noch als stimmungsvoll und sogar fröhlich. Dazu trug sicher die grenzenlose Erleichterung Danielas, Silkes und Thorstens bei. Abgrundtiefe Todesangst und peinigender Dauerstress war einer lebensfrohen Beschwingtheit gewichen, die einem euphorischen Rausch glich. Auch das kam den Aufnahmen zugute. Was zuvor dramatisch und bitter realistisch gewirkt hatte, kam jetzt heiter und übermütig rüber.

„Seht ihr, eigentlich müsstet ihr mir sogar dankbar sein", sagte Ferdi keck zu Daniela und Silke. „Erst habe ich euch einen tiefen Abgrund gezeigt, so dass ihr jetzt wieder glückselig sein und euch bewusst machen könnt, wie wunderbar und kostbar das Leben ist!" Er erntete dafür stirnrunzelnde, jedoch nicht allzu böse Blicke.

Die Handlung des Films wurde weitergestrickt: Nachdem alle in Todesangst versetzt worden waren und der finale Dreh des mörderischen „Snuff-Videos" anstehen sollte, erfolgte die Rettung durch eine kleine, aber schlagkräftige Sondereinheit der Polizei. Diese wurde gespielt von zwei Schwarzen, die sich dafür extra Uniformen ausgeliehen hatten. Klar, dass klischeemäßig die Belohnung der Retter auf dem Fuße folgte, nur allzu gerne spendiert von den zwei dankbaren Frauen. Die Helden wurden nach allen Regeln der Kunst zum Sex verführt.

Als sie sich für die Sex-Szenen ihrer Kleidung entledigten, begann einer der beiden Schwarzen Musikgeräusche mit seinem Mund zu imitieren. Eine skurrile Mischung aus Schlagzeug und Bass-Gitarre, die erstaunlich echt klang. Der andere rappte dazu in lautem, abgehacktem Englisch. Sie tanzten ausgelassen herum und verbreiteten gute Laune mit ihrem ordinären kleinen Gassenhauer. Übersetzt ging der Text so:

Ficken heute! Zart Kuss jetzt!
Ficken heute, Startschuss jetzt!
Ficken heute, tanz´ auf Fete!
Ficken heute, Schwanz-Rakete!

Ficken heute! Mit Krawall!
Ficken heut´! Mit Überschall!
Ficken will der Rasta-Mann
Fickt und leckt heut´ was er kann!

Ghetto-Leute prügeln, raufen!
Ficken heute, morgen saufen!

Immer rappen, ohne Sorgen!
Ficken auch noch übermorgen!

Ghetto Girls gehört die Welt!
Ficken gern, auch ohne Geld!
Rasta-Mann raucht Tüte ganz!
Rasta-Frau lutscht Rasta-Schwanz!

Hühnerdieb macht Chicken-Beute!
Rastafari ficken heute!
Ficken heut', kein schlecht' Gewissen!
Schwanz ist nicht nur Schlauch zum Pissen!

Ficken heute, Porno-Streifen!
Ficken heut' mit Schwanz, dem Steifen!
Ficken heut' zu Haus, da wohn isch!
Ficken heute elektronisch!

Daniela machte sich obenrum frei. Ihre festen, schönen Brüste räkelten sich im weißen Neonlicht des Raumes und wurden vom Kameraobjektiv Thorstens eingefangen. Der rappende Schwarze hieß Johnny. Sein Mundwerk verstummte erst, als Daniela seinen Kopf gegen ihre Busen presste und er mit den Lippen an die Brustwarze stieß. Gierig fing er an daran zu saugen.

Sein Kollege namens Weedy hörte mit der Sound-Imitation erst auf, als er von der nackten Silke ihr Geschlecht präsentiert bekam. Er begann an ihrem Eingemachten zu schlürfen und vergrub die Nase in Silkes Scheide wie ein Ameisenbär im Erdhaufen. Quiekend und mit gespielter Scheu kommentierte sie den Oralverkehr. Reichlich austretender Mösensaft verriet ihm, dass ihr seine Leck-Künste gefielen. Kein Wunder, war er im Ghetto nicht nur als eifriger Weed-Raucher, sondern auch als „Cunt Frog" bekannt, der das Spiel mit der Zunge beherrschte wie ein hungriger Frosch, der nach Mücken schlabbert.

Während Johnny ausgiebig Danielas Brüste leckte, kostete Weedy von Silkes schamlippigen Schätzen. Johnny gab sich zärtlich und gefühlvoll. Sein weicher Mund mit seinen dicken Lippen wanderte von Danielas Oberkörper über ihren schlanken Bauch bis hinunter zum brünetten, kurzrasierten Schamhügel. Dort wühlte er mit seinem nassen Mundlappen in den Borsten herum. Daniela kiekste laut, denn es kitzelte sie sehr.

Nebenan hatte der ungestüme Weedy bereits sein halbsteifes Fleischrohr in Bearbeitung. Er walkte es ungeduldig in seinen Händen, während seine Augen fast überquollen beim Anblick von Silkes exotischem, hellhäutigen Schlitz. Sie nahm ihm zart aber bestimmt seinen Schwengel aus der Hand und beanspruchte diesen für sich. Mit geübter Routine fing sie an zu blasen, nicht ohne das stramme Teil vorher in ihrem besten Englisch vor der Kamera gepriesen zu haben wie die Fleischverkäuferin eine delikate Dauerwurst.

Mit in die Hüfte gestemmten Armen stand Johnny da. Daniela hatte sich vor ihn hingekniet. Immer wieder sah sie zu ihm hoch, devot und lüstern, um sogleich wieder konzentriert seinen Schwanz zu fixieren. Obwohl Johnny ein erfahrener Ghetto-Zuhälter und ein Fick mit einer hübschen Frau für ihn nichts Besonderes war, musste er doch feststellen, dass diese Frau aus dem Westen eine einzigartige Ausstrahlung hatte. Wie sie da so kniete in ihrem kurzen, gelben Sommerkleid, mit dem edlen Gucci-Gürtel und ihren hübschen schlanken Beinen, empfand er fast so etwas wie tiefe Zuneigung und sexuelle Faszination für sie. Etwas, was er für seine Huren niemals empfand. Sie waren für ihn bestenfalls so etwas wie niedliche Nutztiere, die es galt, gut zu behandeln, um den bestmöglichen Gewinn aus ihnen zu schöpfen.

Diese West-Frau aber, das bemerkte er instinktiv, war anders als eine unterwürfige Bums-Nudel. Unter der Fassade der attraktiven, willigen Porno-Darstellerin kristallisierte sich ein unverwechselbarer Charakter heraus. Ein selbstsicherer, kluger Wesenskern, der trotz aller Weiblichkeit und Weichheit stark sein wollte und konnte.

Sie beherrschte ihre Lippen wie ein vielgeübtes Musikinstrument, auf dem sie wundervoll spielte. Abwechselnd lutschte sie ihm den ganzen Schwanz, die beiden Eier des Sackes oder auch nur die pralle, violett gefärbte Eichel.

Wie immer, wenn ihm einer geblasen wurde, bekam Johnny Allmacht-Phantasien, die diesmal jedoch besonders intensiv waren. Er sah sich als göttliches Wesen am Himmel, einen glorreichen Lorbeerkranz auf dem Kopf und inmitten einer Welt aus wolkigem Licht. Ein Engel war herbeigekommen, um auf seiner Flöte zu spielen. Die Melodie war so zauberhaft und herrlich, dass Johnny sogar die Lust an der Gewalt verließ. Jedenfalls für den Moment des Blaskonzertes. Alles war gut. Die ganze Welt war letztlich nur eine menschliche Spielwiese für Erfahrungen verschiedener Art, seien es gute oder schlechte. Ein Trainings-Camp, bei dem man stetig für das nächste Level dazulernte. Ob auf die freiwillige, einfache Tour, oder gezwungenermaßen durch Leid und Schicksalsschläge.

Johnny war begeistert von sich selbst. Was war er nur für ein toller, überragender Typ! Wie dankbar mussten Frauen sein, wenn sie vom weißen Nektar seines Sackes kosten durften wie die Biene von den Blüten der Blumen. Wie schön war es wohl für diese Daniela, an seinem riesigen dunklen Blütenstengel zu nuckeln in der Hoffnung, bald von seinem kostbaren Saft gesegnet zu werden!

Weedy war ganz anderer Natur. Er war Realist, kein Traumtänzer und Tagträumer. Die Texte ihres vorhin aufgeführten Rap hatte Johnny geschrieben, welcher der intelligentere Typ von beiden war. Er war, was Dichten anging, fast so begabt wie dieser alte englische Schriftsteller namens William Shakesbeer. Weedy hingegen konnte nichts schreiben außer das „X" für seinen Namen. Er las aus Prinzip ausschließlich Verkehrszeichen, weil die so schön bunt waren. Aber ficken konnte er! Im Ghetto kannte man ihn nur als den „Zuchtbullen".

Lange ließ er Silke nicht an seinem Schwengel blasen. Er wies sie an, sich auf allen Vieren hinzuknien und den Arsch in die Höhe zu strecken. Dann stieß er auf sie herab wie ein Adler auf ein Kaninchen. Erst beim dritten Versuch traf sein dicker pulsierender Schwanz ihren Schlitz an der richtigen Stelle, um sogleich zwischen den schwellenden Schamlippen hindurchzugleiten. Sie schrie auf, überrascht von seinem Volumen und seiner Kraft. Er schob von oben herab seinen Prügel in sie. Ganz triebhafter Bock, der ein Weibchen besprang, steigerte er sich in eine viehhafte, hitzige Raserei hinein.

Thorsten filmte alles mit der großen Kamera, die er längst vom Pickup geholt und auf einem Stativ befestigt hatte. Er bewunderte die Ausdauer und die natürliche Schamlosigkeit von Weedy, der säuisches Verhalten schon mit der Muttermilch aufgesogen zu haben schien. Neidlos musste Thorsten wieder einmal anerkennen, dass sozusagen „Hans nimmermehr können würde, was Hänschen nicht gelernt hatte". Dass es, um manche Dinge ebenso gut und perfekt zu können wie andere, für alle Zeiten zu spät für ihn war. Dennoch hätte er niemals mit Weedy oder Johnny tauschen mögen. Sie hingen zwar stets an den Rockzipfeln bereitwilliger oder gar sexuell höriger Frauen, lebten aber ein gefährliches, düsteres Ghettoleben. Sie befanden sich immer mit einem Bein im Knast oder auf dem Friedhof. Ihr Rap war gekonnt, würde sie aber wohl nie von ihrem Dasein als Gangster befreien können.

Weedy fickte Silke, die stöhnend auf Knien und Händen herumrutschte wie eine Hausfrau, die angestrengt den Boden wischt. Sein muskulöser Unterleib knallte auf ihre weiche helle Kehrseite und ließ Hüftfleisch und Arschbacken erzittern wie ein Vanille-Pudding. Eine cremige Mischung aus Sperma und Mösensaft begann seinen gummibespannten Riemen zu benetzen, so dass es zunehmend flutschte wie geschmiert. Wie ein gut geölter Kolben fuhr sein Schwanz auf und ab in ihre Pforte und füllte sie gänzlich aus.

Johnny fing an zu summen, ein leise jaulender Singsang, der so etwas wie ein Segensspruch sein sollte. Langsam fühlte er, dass sich in seinen Sack-Glocken etwas zusammenbraute. Lange würde es nicht mehr dauern, und der Eiersaft würde dick und weiß aus seinem Endrohr gefeuert werden.

Er signalisierte Daniela, sie solle mit der Blaserei aufhören, in dem er sich nach unten beugte, sanft ihre Brüste in die Hände nahm und sie daran zur Seite schob. Er drehte sie halb um, so dass sie rücklings auf dem Boden lag, ihr rechtes Bein aber nach oben wies, festgehalten von ihm. Ihr dadurch schräggestelltes Becken war empfangsbereit für seine ungeduldige Fleischgurke. Ihre Beine waren weit gespreizt.

Schon beim ersten Mal fädelte er den Schwanz gekonnt an seinem Bestimmungsort ein und begann sofort mit dem Begatten. Es folgte eine Serie von zunächst behäbigen, dann immer schneller werdenden Stößen bis hin zu der klatschenden Orgie eines peitschenden Penis-Gewitters.

Derweil kam für Silke und Weedy das Finale in Sicht. Aufmerksam auf Speicherkarte festgehalten vom Kameramann Thorsten und unter Kontrolle des Regisseurs Ferdi, trieb Weedy die hellhäutige Blonde in Richtung Orgasmus. Seine dunkle Haut bildete einen schönen Kontrast zu der ihren, fast weißen. Inzwischen waren sie in die Reiterstellung gewechselt. Das hieß, sie ritt nun auf ihm und bestimmte Tempo und Rhythmus. Er bockte sie von unten und erwies sich dabei als so kraftvoll, dass er mit der Wucht seiner Beckenstöße ihren Unterkörper immer wieder nach oben zu katapultieren verstand. Sie wurde ordentlich durchgerüttelt. Silke kam sich vor wie auf dem elektrischen Rodeo-Bullen einer Wild-West-Show.

Die anderen Männer, die vorhin die „Gang" gespielt hatten, tatsächlich aber wohl sogar einer echten angehörten, saßen und standen in einigem Abstand zu den Fickenden und begutachteten die schweinische Show. Fachmännisch wie

Zuschauer, die ein Fußballspiel im TV verfolgten, kommentierten sie den Porno-Dreh mit anerkennenden oder kritischen Bemerkungen.

„Ein guter Ficker!"

„Sie grunzt wie ein Schwein im Stall!"

„Seht ihr, wie rosa und wund ihr Arschloch ist, wenn sie die Backen spreizt? Man sieht es deutlich: Sie benutzt ihren Hintern nicht nur zum Scheißen."

„Haha! Ja! Sie bekommt mehr Würste hinein als auf dem Klo herauskommen!"

„Wie weiß sie ist! Wunderschön. Der Schweiß glänzt auf ihrer Haut wie bei einem nassen Schwertfisch!"

„Eine herrliche, zauberhafte Frau!"

„Wie viele Stuten hat Johnny wohl schon besprungen? Hunderte?"

„Es werden Tausende sein. Frag ihn doch!"

„Aber nicht jetzt. Er ist abgelenkt! Sein Schwanz herrscht über seinen Geist."

„Was Weedy wohl lieber mag? Das Ficken oder das Rauchen?"

„Bei beidem geht es um dicke, lange Kaliber. Das eine macht ihn platt und speit Rauch, das andere macht ihn spitz und spritzt Saft!"

So ging das eine ganze Weile weiter, bis Johnny und Weedy beim besten Willen nicht mehr konnten und ihrer Erregung freien Lauf ließen. Brüllend schoss Johnny seinen Eierschleim auf Danielas Gesicht. Weedy kam auch und spritzte Silke volles Rohr auf die Brüste. Wollüstig verschmierte sie das Produkt seines Sackes auf ihrem Oberkörper.

„Super!" Ferdi war hingerissen von seiner digitalen Ernte. Nach dem Schnitt würde das Ergebnis sich sehen lassen können.

Thorsten schaltete die Kamera ab. Sie hatten es geschafft. Die auf morgen verschobene Szene auf dem Resort mit dem Mini-Zoo würde zwar noch folgen, sowie auch einige weitere. Aber jetzt schon war absehbar, dass der Löwenanteil der Filmarbeit geleistet war.

Gemeinsam mit den Ghetto-Jungs feierten sie bis in den Abend hinein mit Whisky-Cola und karibischen Snacks. Nicht ohne jedoch vorher die Kamera im Pickup eingeschlossen zu haben. Ferdi hütete die kleine Plastikbox mit der Speicherkarte, auf der das Filmmaterial gebannt war, wie seinen Augapfel.

Daniela und Silke tanzten, beschwingt vom Alkohol, in der weitläufigen Garage des alten Gebäudes. Das Pickup mit der wertvollen Kameraausrüstung war immer in Sichtweite. Allmählich begann den beiden jungen Frauen ihre

Arbeit Spaß zu machen. Sie freuten sich auf ein paar Tage Strandurlaub, den Ferdi ihnen versprochen hatte, sobald der Film ganz abgedreht sein würde. Unter anderem als kleine Entschädigung für den fiesen „Snuff-Video"-Scherz am Nachmittag.

Das Leben war klasse, wenn man es richtig anzugehen verstand!

Kapitel 8:

DANIELA ERWARTET EIN BABY

Auf YouTube war wieder allerhand los. Sie ließen es richtig krachen. Das Musikvideo mit der K-Pop-Gruppe aus Südkorea blitzte in bonbonbunten Farben auf dem 3D-Bildschirm. Der Sound prasselte satt und klar aus den Boxen wie ein Wasserfall am Niagara.

Ein komisches Klingeln mischte sich in die Musik. Was war denn das für ein Misston?

Die Türglocke!

Der Mann vom Laden?

Rasch zog sich Daniela ihren seidenen Bademantel über und schloss ihn vorne, indem sie die Kordel an der Hüfte fest zuschnürte. Dann spurtete sie zur Tür. Es war soweit!

Nein, noch nicht. Martin stand draußen. Blond, groß und gutaussehend stand er da, eine doofe schwarze Herrenhandtasche umgehängt. Fast konnte er damit als schwul durchgehen. Allerdings sah er sehr männlich aus, kantig und gepusht von Testosteron. Er war ein fleißiger Fitnessclub-Besucher. Das sah man ihm auch an. Unter der dünnen dunkelroten Jacke wölbten sich die Muskeln.

„Hi, Dani!" sagte er freundlich. „Schon wach?" Es war halb zwölf Uhr vormittags.

„Nein", sagte sie. „Ich schlafe noch. Leide an einer besonderen Art des Schlafwandelns, bei der ich sogar auf Türglocken reagiere."

Er kam rein, ohne zu lachen. Entweder hatte er ihren kleinen Scherz nicht gehört oder verstand seinen Sinn nicht.

Der Hellste war ihr Kollege Martin nicht, jedoch ein angenehmer Umgang. Und vor allem: unkompliziert und professionell. Er geriet nie in Gefahr, Berufliches mit Privatem zu vermischen, sich gar in eine Darstellerin zu verlieben. Zwar hatten sie schon einmal zusammen gedreht, also miteinander gefickt in allen Stellungen und nach allen Regeln der Kunst. Für ihn war das aber so ähnlich, als ob man zusammen kellnerte oder als Friseur Haare schnitt.

Nichts weiter als ein Job. Hätte sie einen Freund gehabt, so hätte Martin ihn arglos und ohne weitere emotionale Regung begrüßt. Eifersucht oder männliches Ich-markier-mein-Revier-Gehabe waren für Martin anscheinend Fremdwörter.

Als sie ihm in ihre Wohnung folgte, schallte ihnen immer noch der laute K-Pop entgegen, wegen dem sie beinahe die Türglocke nicht gehört hätte. Sie musste aufpassen, denn der Mann vom Laden wollte heute vorbeischauen. Den wollte sie nicht verpassen, ihrem Baby zuliebe! Da er ihr keine feste Uhrzeit nennen konnte, rechnete sie mit ihm zu jeder Zeit. Kurzerhand ging sie zur PC-Anlage und schaltete die Lautsprecher aus. Ab sofort tanzten die koreanischen Püppchen nur noch lautlos auf dem Bildschirm.

„Willst du was trinken?" fragte sie Martin. „Kaffee? Tee?"

„Nur Wasser", antwortete er. „Kaltes, klares Wasser."

Sie ging zur Küche, die in den offenen Raum des Lofts integriert war, und holte ihm eine Flasche Mineralwasser aus dem Kühlschrank und ein Glas. Sich selbst goss sie die Kaffeetasse wieder voll. Die eigentlich fast ein kleiner Keramik-Eimer mit Henkel war, so groß war sie.

Das Koffein bemühte sich weiter, ihren Körper wach zu kitzeln, der heute Morgen erst um vier zur Ruhe gekommen war. Mit Erfolg. Sie fühlte sich zunehmend fitter. Bestimmt auch wegen Martins Gegenwart. Der nimmermüde Kerl war schon im Fitnessclub gewesen und hatte Hanteln gestemmt und Eiweiß-Drinks gefrühstückt.

Martin trank einen tiefen Zug Wasser. „Aaah, das tut gut!" sagte er und schnalzte anerkennend mit der Zunge, als wäre er ein Weinkenner beim Winzertreffen. Der Spinner!

„Ja, nicht wahr", ging Daniela auf seine Bemerkung ein. „Ist ein alter Jahrgang aus dem Vogesen-Gebirge, Südhang, sehr eisenhaltig."

Unbeirrt, als halte er ihre Aussage für eine sachliche Information und nicht für einen Witz, trank er mit geschlossenen Augen sein Glas leer. Er stellte es auf den niedrigen Glastisch und ließ sich dann auf die rote Ledercouch fallen.

„Schöne Einrichtung", meinte er anerkennend, während sein Blick in dem Raum umherschweifte.

„War nicht billig", gestand sie und setzte sich mit ihrer Tasse auf den Sessel ihm gegenüber. „Vom ersten selbstverdienten Geld gekauft. Dem ersten spontanen Dreh im Hotel." Damals war sie mit Silke, die auf ihren Vorschlag eingegangen war und sogar gleich am Folgetag mit ihr gedreht hatte, montags shoppen gegangen. Fast die ganze Kohle hatte sie für die geile Ledergarnitur ausgegeben. Wohl wissend, dass sie bald weitere Drehs machen würde, denn Ferdi war Feuer und Flamme für sie als Darstellerin.

Bald darauf hatte sich ihr Kleiderschrank zu füllen begonnen. Neue Möbel waren dazugekommen, plus Schmuck, plus teure Kosmetik, plus der Wechsel von monatlichen auf wöchentliche Frisör-Besuche.

Der Karibik-Dreh war nun schon acht Wochen her. Längst war der Film fertig produziert und bereits als Download im Internet sowie als DVD zu haben. Rasch hatte sich Daniela an ihr neues Einkommens-Niveau gewöhnt. Konsumfreudig hatte sie begonnen, die Kohle rauszuhauen.

„Ich selber habe nur ein Bett und zwei Plastik-Kleiderschränke", sagte Martin. „Das reicht mir. Bin sowieso viel unterwegs und komme nur zum Schlafen heim."

„Was sind *Plastik-Kleiderschränke*?"

„Na, diese praktischen Dinger aus dem Supermarkt! Ein Alu-Gestänge mit Plastikplanen drum herum."

Oh Mann, dachte Daniela amüsiert. *M-A-N-N. Das sagt doch schon alles. Warum nicht gleich Waschmaschinen-Kartons als Kleiderschränke? Gibt's bestimmt gratis, wenn man Connections zu Elektrofachmärkten hat.*

„Die Teile sind einfach genial!" schwärmte Martin, als handele es sich um Erfindungen, die das menschliche Leben von Grund auf revolutionierten. „Platzsparend, schnell aufzubauen und super beim Umziehen."

„Und so stylisch!" ergänzte Daniela ernst.

„Ja", stimmte Martin zu, ohne zu wissen, was sie damit meinte. Wieder so ein Wort, das er nicht verstand. Aber er würde sich nichts anmerken lassen. Irgendwann würde er ein Buch lesen! Ein Wörterbuch am besten.

„Drehst du diese Woche?" wollte Daniela wissen und schlürfte von ihrem Kaffee. Sie musterte ihn. Er war wirklich topfit und strahlte vor Energie wie ein junger Planet.

„Am Wochenende. Als Arzt."

„Als Arzt?" Daniela zog die Augenbrauen hoch.

„Arbeitstitel: *Die Rückkehr des Dr. Arschfick. Das zweite Sex-Tagebuch des geilen Frauenarztes.*"

Daniela kicherte. Als einen echten Arzt hätte sie sich Martin niemals vorstellen können. Er wäre vermutlich schon überfordert damit gewesen, ein Stethoskop richtig herum zu halten. Geschweige denn ein Medizinstudium zu absolvieren.

„Dani... Ferdi hat einiges mit dir vor, wie man so hört", sagte Martin. „Er will dich groß machen."

Daniela nickte. „Das hoffe ich doch sehr. Versprochen hat er's. Wir machen erst mal mit einigen Drehs weiter im In- und Ausland. Überwiegend im Inland. Der Karibik-Dreh war eine Ausnahme. Ferdi sagt, erst mal müssen wir kleine Brötchen backen und den normalen Weg gehen. Rumtingeln wie eine Musikband gehört dann auch dazu. Autogramm-Stunden in Sex-Shops. Auftritte bei Messen und Privat-Buchungen. Vielleicht eine Doku-Soap fürs TV."

„Und OPs bleiben dann nicht aus, oder?" Martin war wieder beim Arzt-Thema angelangt. Faszinierte es ihn? Wegen seiner baldigen „Rolle" als Frauenarzt?

„Die stehen auch an, früher oder später." Daniela musste schlucken, obwohl sie wie immer cool rüberkommen wollte. Noch nie hatte sie an ihrem Körper herumschnippeln lassen. Das hatte sie, hübsch und sexy wie sie war, auch noch nie nötig gehabt. Ihr Körper war gut, so wie er war. Die Natur hatte ihn so geschaffen. Wohl wusste sie aber, dass ein angehender Porno-Star oder auch ein strahlendes Sex-Sternchen nicht umhinkam, einige „Sachen" optimieren zu lassen. Größere und etwas prallere Brüste, Fettabsaugung, Details im Gesicht, an den Lippen, um die Augen herum. Vielleicht auch eine besonders originelle Tätowierung irgendwo, die mit ihrem neuen Künstlernamen zu tun hatte? Wie war der überhaupt? Ferdi hatte sich diesbezüglich seit Wochen nicht geäußert. Obwohl er ihr bereits klargemacht hatte, dass einfach nur „Daniela" natürlich nicht ging. Zu normal und zu wenig einprägsam war das.

„Haben deine Eltern die Bumserei schon mitgekriegt?" Martin goss sich aus der grünen Mineralwasserflasche nach, bis das Glas randvoll war und die Kohlensäure hörbar prickelte.

„Ach… nee…" wiegelte Daniela ab. „Ich binde es ihnen nicht auf die Nase. Sie wissen nicht mal, dass ich meinen Bürojob gekündigt habe. Denken, ich tippe weiter als brave Sekretärin auf der Tastatur herum und stehe stramm von acht bis vier."

„Wissen sie, dass du umgezogen bist?"

„Das ja. Sie haben mich aber noch nicht besucht. Bin ja auch noch nicht mal einen Monat hier. Ich sage ihnen immer, dass ich noch am Räumen und Entpacken bin."

„Wenn sie sehen, wie edel du wohnst, werden sie aber schon Fragen stellen, oder?"

„Dann stelle ich dich ihnen vor als mein neuer, wohlhabender Freund, der mich sponsert!"

„Gute Idee!" lachte er. „Das machen wir, wenn es soweit ist!"

Es klingelte.

Der Laden!

Ihr *Baby*.

Daniela sprang auf. Im nächsten Augenblick war sie an der Tür.

Der, mit dem sie bereits gebumst hatte, stand da und grinste. Er trug dieselbe gelackte Gel-Frisur und den Dreitage-Bart wie im Laden, hatte diesmal jedoch Jeans und Sweatshirt an statt des Anzuges. Er hob die Hand und klimperte demonstrativ mit einem silbernen Schlüssel.

„Hallo, Dani!" begrüßte er sie. „Es ist soweit. Hat alles geklappt."

Sie mochte nicht, dass er sie ungefragt so nannte, wie sie das nur Freunden und guten Bekannten erlaubte, sagte aber nichts. Zu freudvoll erwartete sie bereits ihr *Baby*, das er ihr brachte. Außerdem wollte sie es ihm nicht verübeln, dass er etwas distanzlos war. Schließlich kam er nicht aus der Branche. Weil sie mit ihm gefickt hatte, meinte er wohl so etwas wie ein Kumpel oder gar Verehrer mit echten Chancen zu sein.

Dabei war der Fick doch nur die Untermauerung ihrer Bitte nach einem fetten Rabatt gewesen. Den sie auch erhalten hatte.

Daniela winkte Martin, der sich sogleich von der Couch löste und mit ihr nach draußen kam. Der Verkäufer führte sie zu der knallroten sündigen Verheißung aus Stahlblech.

Der Schlitten glänzte in der Sonne, als wäre er frisch aus dem Ei gepellt. Offensichtlich hatte der Verkäufer ihn noch einmal durch die Waschanlage gefahren. Obwohl es ein Jahreswagen war, sah das Ding aus wie nagelneu und frisch vom Band.

Martin pfiff leise durch die Zähne und sagte ansonsten nichts. Der Verkäufer hingegen fing wieder an zu labern, wie er das schon getan hatte, als Daniela bei ihm aufgekreuzt war und sich die Wagen im Showroom angesehen hatte.

Die junge Frau hörte nicht hin, als Worte fielen wie „Vollausstattung", „Beschleunigung" und „Garantie". Sie ging vor dem schwarzen Kühlergrill in die Knie und befühlte das silberne Dreizack-Emblem. Es hatte aufregende Konturen. Wie eine elegante kleine Waffe!

„Geil!" hauchte Daniela. „Einfach nur geil!"

Der Verkäufer trat unruhig von einem Bein aufs andere. Er sah auf den Ausschnitt ihres Bademantels hinab, fraß mit seinen Blicken gierig die

Konturen ihrer Brüste. In seiner Hose machte sich eine halbsteife Zeltstange daran, den Stoff aufzurichten. Dies musste er um jeden Preis verhindern, vor allem angesichts dieses muskulösen Kerls, der da neben ihr stand. Der eventuell ihr Freund war! Unklar war, ob dieser wusste, dass er mit Dani gevögelt hatte. Er machte zwar einen friedfertigen Eindruck, doch dieser konnte täuschen. Oder schnell ins Gegenteil umschlagen. Um sich von seiner beginnenden Erektion abzulenken und nicht noch erregter zu werden, fuhr der Verkäufer fort, technische Infos herunterzubeten.

Daniela war das alles egal. Ihr Baby war da. Es war rot, es sah toll aus und es war ihres! Zumindest wenn sie den Kredit abbezahlt hatte. Was nicht lange dauern würde, wenn sie fleißig die „Steifen in den Streifen" bediente. Sie hatte sich ausgerechnet, dass das Mitspielen in etwa dreißig Porno-Streifen ausreichen würde, um den Schlitten zu bezahlen. Mit einkalkuliert waren natürlich realistische Honorare. Die fünftausend Eier, die Ferdi für ihr Porno-Debut bezahlt hatte, waren selbstverständlich ein Lockmittel gewesen und nicht die finanzielle Norm für ihre weitere Arbeit. Jedoch konnte sich das auch wieder ändern, wenn sie sich erfolgreich durchsetzte.

Sie strahlte Martin an, was dem Verkäufer einen kleinen Stich ins Herz versetzte und seine Vermutung, es könnte sich bei ihm um ihren Freund handeln, bestärkte. „Auf die Türen links und rechts", sagte sie, „kommt mein Logo, wenn es fertig ist."

„Aus dem Weg, hier kommt Dani!" lächelte Martin. „Sie werden dir Platz machen."

„Mein Baby und ich, wir entern die Straße." Daniela beugte sich allen Ernstes zur Motorhaube hin und berührte mit ihren Lippen das erwärmte Blech. Liebevoll küsste sie den Wagen. Der schien daraufhin noch mehr in der Sonne zu strahlen, als er es ohnehin schon getan hatte.

Da möchte man Auto sein! dachte der Verkäufer wehmütig. Er ging zur Beifahrertüre, um das Handschuhfach zu öffnen. Dort lagen die Wagenpapiere und die Bedienungsanleitung.

Daniela legte den Kopf schief und ließ ihn mit ihrer Wange auf der Motorhaube ruhen. Sie schloss die Augen.

Mein Baby, flüsterte sie lautlos. *Du und ich, wir passen zusammen. Wo immer ich sein werde, du wirst dabei sein. Was immer ich denken werde, du wirst es wissen. Ich liebe dich.*

Sie öffnete die Augen, und was sie sah, war eine Welt aus Metallic-Rot, die ihr Herz jubeln ließ.

ENDE

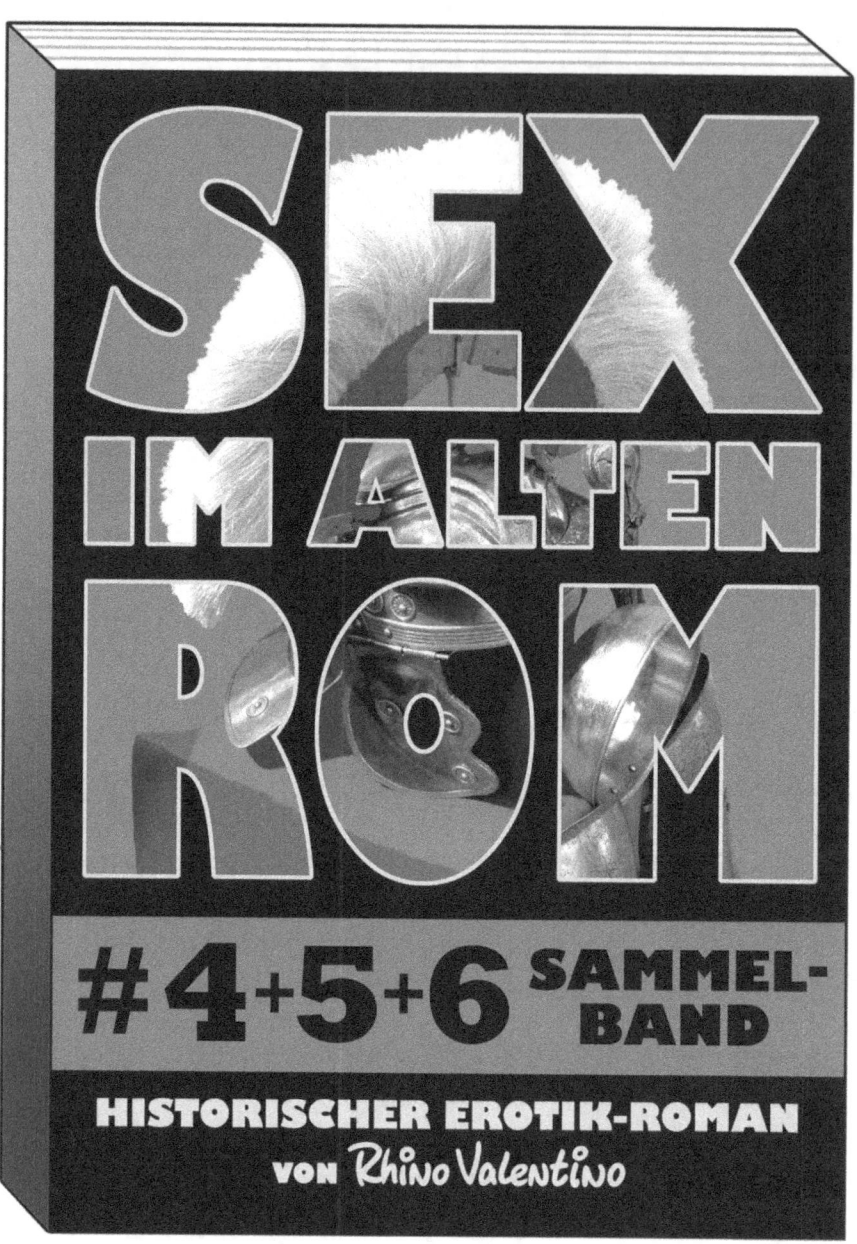

SEX IM ALTEN ROM

#4+5+6 SAMMEL-BAND

HISTORISCHER EROTIK-ROMAN

VON Rhino Valentino

TASCHENBUCH ISBN 978-3-86441-041-3
EBOOK ISBN 978-3-86441-020-8

SEX IM ALTEN ROM

#1+2+3 GESAMT-AUSGABE

HISTORISCHER EROTIK-ROMAN
VON Rhino Valentino

TASCHENBUCH ISBN 978-3-86441-016-1
EBOOK ISBN 978-3-86441-015-4

FICKEN HEUTE!

Zwei Erotik-Bände im Doppel-Pack von Rhino Valentino

TASCHENBUCH ISBN 978-3-86441-040-6
EBOOK ISBN 978-3-86441-028-4

SEX IM BUSCH

SEX IM BUSCH #1
DIE SCHÖNE AM FLUSS
Heiterer Erotik-Roman von Rhino Valentino

#1-3 SAMMELBAND

SEX IM BUSCH #2
IM TREIBSAND DER SÜNDE
Heiterer Erotik-Roman von Rhino Valentino

SEX IM BUSCH #3
IM SCHWARZEN REICH DER KANNIBALEN
Heiterer Erotik-Roman von Rhino Valentino

TASCHENBUCH ISBN 978-3-86441-037-6
EBOOK ISBN 978-3-86441-036-9

KONDOME

VERSUCHEN SIE'S MAL NEBENAN IM SUPERMARKT MIT EINEM BRATENSCHLAUCH!

IMMER WENN ICH EINE AKTE AUS DEM REGAL HOLE FÄLLT IHM EIN STIFT RUNTER...?!

LIEBER INZUCHT ALS SCHWINDSUCHT!

DU BIST MEIN LIEBLINGS-SCHAF, WEIL DU EINE SCHLAMPE BIST!

NÄÄÄ!

Cartoons und noch mehr auf
www.stumpp.cc

Aktuelle Infos und noch mehr erhalten Sie unter
www.rhino-valentino.com
www.stumpp.cc

MEHR LIEFERBARE TITEL:

SEX IM ALTEN ROM 1: Die Sklaven EBOOK
ISBN 978-3-86441-012-3
Historische Erotik-Romanserie vom extravaganten Schriftsteller des Lasters und der Leidenschaft: Rhino Valentino. Geschrieben für reife Leserinnen und Leser. Neben intensiven Schilderungen verschiedenster Erotik-Szenen enthalten diese Geschichten eine kräftige Brise Humor. Sie beleben augenzwinkernd das Genre der Erotik-Parodie... In einer geschliffenen, messerscharfen Sprache entführt Sie der Autor Rhino Valentino in die schamlose, dekadente Welt des alten Roms!
SEX IM ALTEN ROM 2: Die Schamlosen EBOOK
ISBN 978-3-86441-013-0
SEX IM ALTEN ROM 3: Die Orgie EBOOK
ISBN 978-3-86441-014-7
SEX IM ALTEN ROM 1-3 Sammelband EBOOK
ISBN 978-3-86441-015-4
SEX IM ALTEN ROM 1-3 Sammelband PAPERBACK
ISBN 978-3-86441-016-1
SEX IM ALTEN ROM 4: Das Signum der roten Laterne EBOOK
ISBN 978-3-86441-017-8
SEX IM ALTEN ROM 5: Dunkle Exzesse EBOOK
ISBN 978-3-86441-018-5
SEX IM ALTEN ROM 6: Medusa der Eunuch EBOOK
ISBN 978-3-86441-019-2
SEX IM ALTEN ROM 4-6 Sammelband EBOOK
ISBN 978-3-86441-020-8
SEX IM ALTEN ROM 4-6 Sammelband PAPERBACK
ISBN 978-3-86441-041-3

SEX IM BUSCH 1: Die Schöne am Fluss EBOOK
Heiterer und schweinischer Erotik-Roman in drei Teilen. Von Rhino Valentino.
ISBN 978-3-86441-029-1
Belgisch Kongo, 1912: Barnabas Treubart ist ein stattlicher Mann in den mittleren Jahren, erfahrener Afrika-Reisender und Missionar in eigener Sache. Eines Tages beobachtet er eine wunderschöne, junge schwarze Frau am Fluss. Es ist Muluglai, die

edle Tochter eines Häuptlings. Sie wird von einem grausamen, abscheulichen Krieger überrascht, der sie vergewaltigen und töten will. Als Barnabas ihr zur Hilfe eilt, ahnt er noch nicht, dass dieses Zusammentreffen ihn in seinen moralischen Grundfesten zutiefst erschüttern wird. Auf den kleinen, dicken Mann mit dem mutigen Herzen eines Löwen warten abnorme Abenteuer mit wilden Kannibalen und Raubtieren, wundersame Begegnungen mit Eingeborenen, dunkle Geheimnisse des Voodoo-Kults... und eine neue, faszinierende Welt schamloser sexueller Ausschweifungen! Erotik, Spannung und Humor mischen sich in diesem Werk zu einem deftigen Buchstaben-Menü: Scharf gewürzt, heiß und fettig, aber gut bekömmlich.

SEX IM BUSCH 2: Im Treibsand der Sünde EBOOK
ISBN 978-3-86441-032-1

SEX IM BUSCH 3: Im schwarzen Reich der Kannibalen EBOOK
ISBN 978-3-86441-034-5

SEX IM BUSCH 1-3 Sammelband EBOOK
ISBN 978-3-86441-036-9

SEX IM BUSCH 1-3 Sammelband PAPERBACK
ISBN 978-3-86441-037-6

FICKEN HEUTE! 1 & 2 Doppelband EBOOK
ISBN 978-3-86441-028-4

Stark erotische, deftige XXL-Doppel-Story über Porno-Drehs und heiße Nächte in Jamaika. Rhino Valentino hat Danielas brisante Geschichte in einer direkten, eisblumigen Sprache geschrieben, die nicht um den heißen Brei herumredet, sondern direkt in ihn hineinklatscht! Mit einem Vorwort des Autors.

FICKEN HEUTE! 1: Daniela und der Porno-Dreh EBOOK
ISBN 978-3-86441-038-3

FICKEN HEUTE! 2: Daniela und die Sex-Karriere EBOOK
ISBN 978-3-86441-039-0

FICKEN HEUTE! 1 & 2 Doppelband PAPERBACK
ISBN 978-3-86441-040-6

HALLOWEEN HORROR QUEEN 1: Die geisteskranke Autobahn-Hexe
ISBN 978-3-86441-025-3

Trampen kann gefährlich sein! Blacky A. Fraid ist ein junger wilder Autor mit Hang zur dunklen Seite der Menschen. Er liefert mit „Die geisteskranke Autobahn-Hexe" eine spannende Story ab, die es in sich hat...